KB153037

韓國의 漢詩 16

青莊館 李德懋 詩選

한국의 한시 16

청장관 이덕무 시선

허경진 옮김

평민사

옮긴이 **허경진**은 연세대학교 국어국문학과를 졸업하고,
같은 대학원에서 문학박사 학위를 받았다. 목원대학교 국어교육과 교수와
열상고전연구회 회장을 거쳐, 연세대학교 국문과 교수를 역임했다.
《한국의 한시》 총서 외 주요저서로는 《조선위항문학사》, 《허균 평전》,
《허균 시 연구》, 《대전지역 누정문학연구》,
《성호학파의 좌장 소남 윤동규》 등이 있고,
옮긴 책으로는 《연암 박지원 소설집》, 《매천야록》,
《서유견문》, 《삼국유사》, 《택리지》, 《허난설헌 시집》,
《주해 천자문》, 《정일당 강지덕 시집》 등 다수가 있다.

韓國의 漢詩 16
青莊館 李德懋 詩選

초　　판 1쇄 발행일　1991년　9월 14일
개정증보판 1쇄 발행일　2023년　5월 10일

옮 긴 이　허경진
만 든 이　이정옥
만 든 곳　평민사
서울시 은평구 수색로 340 〈202호〉
전화 : 02) 375-8571
팩스 : 02) 375-8573
http://blog.naver.com/pyung1976
이메일　pyung1976@naver.com
등록번호　25100-2015-000102호
ISBN　978-89-7115-021-4　04810
978-89-7115-476-2　(set)
정　가　12,000원

· 잘못 만들어진 책은 바꾸어 드립니다.
· 이 책은 신저작권법에 의해 보호받는 저작물입니다.
저자의 서면동의가 없이는 그 내용을 전체 또는 부분적으로 어떤 수단 · 방법으로나
복제 및 전산 장치에 입력, 유포할 수 없습니다.

머리말

이덕무는 서출이면서 비분강개하거나 현실도피적인 시인이 아니었다. 오히려 초연한 태도로 삶을 일관하면서 학문과 시작생활을 통해 올바른 자아실현을 모색했던 전형적인 선비였다.

《한객건연집(韓客巾衍集)》에 실린 작품을 통해 청나라 문단에까지 이름을 떨쳤으며, 그때까지의 시풍을 한꺼번에 바꾸어 진절(眞切)하고도 박실(樸實)한 시를 지었던 개성적인 시인이었다. 그는 연암 박지원의 표현대로 창의를 주창하면서도 많은 시문을 섭렵하여 스스로 일가를 이룬[博采百氏, 自成一家] 시인이기도 하였다.

청나라의 문인 반정균(潘庭筠)은《한객건연집》에 소개의 글을 덧붙이면서 "형암은 저울에 달듯이 글자를 정확하게 쓰고 뜻을 가다듬었으며, 평범한 길을 쓸어버리고 따로 남달리 새로운 경지를 열었다. 만송(晩宋)과 만명(晩明) 사이에 마땅히 한 자리를 차지할 것이다.

또한 화제주(火濟珠)와 목란주(木難珠)처럼 눈에 띄는 글마다 모두 기이한 보배이니, 예사롭게 감상할 그런 종류가 아니다"라고 칭찬하였다. 이조원이 후사가(後四家) 가운데 그의 시에서 노련한 솜씨가 가장 돋보인다고 칭찬한 것도 그의 시어가 새로우면서도 껄끄럽지 않은 가운데 전형적인 선비정신을 잘 드러내고 있기 때문일 것이다.

그의 문집인 필사본《청장관전서》는 33책 71권으로 엮어졌지만, 그 가운데 몇 책이 전해지지 않고 있다. 현재 전하고 있는《영처시고(嬰處詩稿)》권 1·2의 422수와《아정유고》권 1·2·3·4의 621수, 그리고 정조의 어명으로 내탕금을 내어 간행하였던《아정유고》8권 속에 따로 전하는 14수와《사소절(士小節)》에 실린 1수 등 1,058수에 이르는 그의 시 가운데 좋은 작품들을 얼마나 제대로 가려 뽑았는지 걱정된다. 까다로운 부분에서는 민족문화추진회에서 간행한 국역본을 참고하였다. 틈나는 대로 다시 읽어보면서 손질하겠다.

— 1991.05.05
허 경 진

차례

• 머리말 _ 5

영처시고(嬰處詩稿)

• 하늘 _ 13
• 한가롭게 머물며 _ 14
• 우연히 짓다 _ 15
• 추운 밤 _ 16
• 어부 _ 17
• 추풍사 _ 18
• 한가위 _ 19
• 대나무 _ 20
• 늙은 소 _ 21
• 거울 갑에 쓰다 _ 22
• 새벽에 바라다보니 _ 23
• 바둑 _ 24
• 성문을 나와 양숙에게 부치다 _ 25
• 죽는 줄 알면서도 복어를 먹다니 _ 29
• 반가운 비 6월 11일 _ 33
• 벼룩 _ 34
• 종이연 _ 36
• 경서 _ 37
• 오늘에야 문 밖에 나가 _ 42
• 중들의 놀음을 보고서 _ 43
• 원유편 _ 44
• 나이를 더 먹는 떡 _ 48

• 이튿날 돌아오는 길에 _ 49
• 내 집을 찾아오다가 길을 잃고 돌아간 백영숙에게 차운하다 _ 50
• 섣달 그믐날 석여에게 주다 _ 51
• 아침에 읊다 _ 53
• 사립문에서 바라보며 _ 54
• 늦가을 _ 55
• 옴으로 괴로워하며 _ 56
• 시냇가 집에서 한가히 읊다 _ 57
• 가뭄을 딱하게 여겨 사실대로 쓰다 _ 58
• 염락체를 모방하여 _ 59
• 입춘날 문 위에 쓰다 _ 60
• 성삼문이 심은 소나무 _ 61
• 시를 논하다 _ 63
• 세제 _ 65
• 초겨울 _ 67
• 신사년 새해에 지난날을 더듬으면서 _ 68
• 썰렁한 나의 집 _ 70
• 아버님 편지를 받잡고 _ 71
• 강마을 노래 _ 72
• 향랑시 _ 74
• 초승달에 절하다 _ 85
• 죽은 딸을 땅에다 묻고서 _ 86
• 봉원사 _ 87

아정유고(雅亭遺稿)

• 수숫대를 꺾어서 빗자루를 매다 _ 91
• 빚쟁이 때문에 돈을 꾸려 했지만 _ 92

• 몽답정에서 함께 짓다 _ 93
• 시골집에서 _ 94
• 여름날에 병으로 누워 _ 96
• 풀벌레가 어떻게 우는지 시험하여 보다 _ 97
• 벌레가 나고 기와가 날세 _ 98
• 연암 박지원의 〈어촌쇄망도〉에 쓰다 _ 100
• 소를 타다 _ 101
• 정예검의 죽음을 슬퍼하며 _ 102
• 시월 십오일 _ 103
• 향조(香祖)가 비평한 시권에 쓰다 _ 105
• 이우촌의 월동황화집을 읽다 _ 106
• 시를 논한 절구 _ 107
• 길을 가다가 _ 109
• 절구 22수 _ 110
• 인일에 강산·영재·초정에게 주다 _ 114
• 고정림(顧亭林)의 유서(遺書)를 읽고 _ 116
• 위달대(威達臺)에서 산해관을 바라보며 _ 117
• 희롱삼아 동료들에게 보이다 _ 119
• 말 위에서 _ 120
• 절구 _ 121
• 연경으로 떠나는 후배들에게 _ 125

부록

• 이덕무의 시와 일생 / 허경진 _ 129
• 原詩題目 찾아보기 _ 135

영처시고(嬰處詩稿)

〈영처고〉는 청장관 선생이 어렸을 때와 젊었을 때에 지었던 시문(詩文)이다. 좀먹은 책장을 주워 모으고 보니, 뛰어난 것이 많았다. 이제 여덟 편으로 정하여 만든다(원주).

> 어린아이들이 장난삼아 희롱하는 것과 무엇이 다르랴. 마땅히 처녀처럼 부끄러워 감춰야 하리라…
> 어린아이가 장난삼아 희롱하는 것은 천진 그대로이고, 처녀가 부끄러워 감추는 것은 순진 그대로이다. 어찌 억지로 힘써 하는 것이겠는가…
> 아, 어린아이와 처녀들이 누가 시켰기 때문에 그렇게 하겠는가? 그 장난하고 재롱부리는 것이 과연 인위적인 행동이겠는가? 그 부끄러워하여 감추는 것이 과연 가면이겠는가? 이 원고를 쓴 사람이 글을 짓고 보이려 하지 않는 것도 또한 이와 비슷하다…
> 비록 뒷날에 장부가 되고 부인이 된다 하여도, 천진 그대로와 순진 그대로의 몸가짐은 백발이 되어서도 변하지 않으리라. – 〈영처고〉 자서(自序)에서

여기에 실린 시들이 대개는 창작 연대순으로 실려 있지만, 꼭 그렇지는 않다. 1758년(18세)부터 1764년(24세)까지 지은 것은 확실하며, 그 이전에 지은 시들도 들어 있는 듯하다.

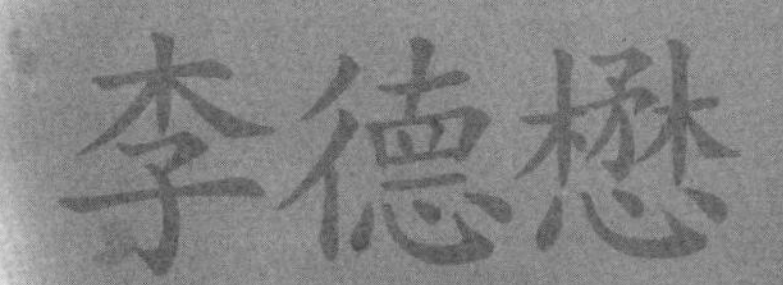

하늘

咏天

가볍고 맑은 기운이 하늘의 본모습이라
형체야 높고 호탕하지만 나직하게 굽어보네.
바람 · 구름 · 천둥 · 비 마음대로 베풀 수 있고
해와 달과 별은 스스로 구르며 옮겨 다니네.
뭇 생물을 덮어 기르니 그 공을 헤아릴 수 없고
만물을 길러내니 그 이치 끝이 없네.
웅혼한 그 조화를 그 누가 터득하랴
저 푸른 하늘에다 한번 묻고 싶어라.

至氣輕淸本有儀。　形高浩蕩俯臨卑。
風雲雷雨能行布、　日月星辰自轉移。
覆育郡生功莫測、　養成萬物理無涯。
渾全造化其誰料、　我欲蒼蒼一問之。

한가롭게 머물며

閒居卽事

산이 고요하니 마음도 늘 고요해라.
지경이 그윽하니 일도 또한 그윽해라.
나무숲에 찬바람이 스쳐가니
우수수 나뭇잎들이 가을을 읊조리네.

山靜心常靜、 境幽事亦幽。
林木寒風灑、 蕭瑟葉吟秋。

우연히 짓다

偶成 二首

1.

소나무 아래에서 오랫동안 거닐다보니
옷이 얇아 밤 추위가 겁나네.
기러기 소리가 어디서 들려오나
쳐다보니 두성(斗星)과 우성(牛星)[1] 사이일세.

松下盤桓久、　　衣輕㤼夜寒。
鴈聲來何處、　　仰望斗牛間。

■

1) 두성과 우성은 오(吳)·월(越) 지방의 분야에 해당되는 별이다. 기러기 소리가 멀리 강남에서 들려온다는 뜻이다.

추운 밤

寒夜謾成

고요한 가운데 아무런 일도 없어
난간에 몸 기대고 멀리 바라보네.
들빛은 가을과 더불어 쌀쌀하고
강물 소리도 밤들며 더욱 차갑네.
솔바람이 베갯머리에 불어오고
담쟁이 사이 달이 처마 끝에 걸렸네.
벗과 함께 밤 깊도록 얘기 나누며
모름지기 가슴 터놓고 실컷 즐기세나.

靜中無所事、　　眺望憑闌干。
野色兼秋冷、　　江聲入夜寒。
松風來枕上、　　蘿月掛簷端。
與友深宵語、　　論懷須盡歡。

어부

漁翁 二首

1.

마음속 조촐하니 물처럼 맑아라.
이 늙은이 이름을 어느 누가 알랴.
소슬한 가을바람에 짧은 머리 흩날리며
여뀌꽃 언덕에 배를 매니 저녁연기가 일어나네.

中心淨潔水同淸。 誰識此翁姓與名。
蕭瑟秋風飄短髮、 繫舟蓼岸夕烟生。

2.

물나라에 바람 부니 밤기운 해맑아라.
강 언덕의 여러 새들이 제 이름을 부르네.
흥겨워 대나무에다 조각배를 매어두고
갈대 불에 고기 굽자 젖은 연기가 피어오르네.

風來水國夜氣淸。 兩岸諸禽自呼名。
興逸維舟叢竹下、 燒魚荻火濕烟生。

추풍사

秋風詞 三章

3.

가을바람 쓸쓸해지자 기러기가 날아오네.
이 해도 다 저물어 솜옷을 벌써 갈아입네.
가을이 왔다고 부들은 놀라고 나뭇잎도 성글어지니,
내 마음 유유해라 높은 산에 올라보네.

秋風凄凄兮鴻鴈飛。　歲聿其暮兮已授衣。
蒲柳驚秋兮木葉稀。　我心悠悠兮陟崔巍。

한가위

中秋月 二首

2.

한가위라 구름길 깨끗이 열려
한 바퀴 둥근 달 희기도 해라.
흥겨워도 붓대에 바칠 뿐이지
탐내어 본대도 돈 한 푼 들지 않는다네.
주렴을 뚫고 들어온 빛도 부수어지고
창에 든 그림자 곱디고와라.
잠시라도 더 즐겨야지
오늘밤 지나면 또 일 년이 지나야 할 테니.

中秋雲路淨、　　皎皎一輪圓。
逸興只輸筆、　　耽看不用錢。
穿簾光瑣碎、　　入戶影姸娟。
遮莫須臾玩、　　今宵隔一年。

대나무

竹

껍질을 갓 벗은 낭간[1] 댓가지가
댓돌에 해 오르자 그림자 옮겨지네.
만고에 그 몇 번이나 풍설을 겪었던가
그대의[2] 맑은 절개를 나는 잘 아네.

錦繃初脫琅玕枝。 堦上日高影轉移。
萬古幾經風與雪、 此君淸節我能知。

■

1) 낭간은 원래 아름다운 돌인데, 그 빛이 푸른 옥과 같다. 대나무도 낭간과 빛이 같아서, 시에서 대나무를 낭간 또는 청낭간이라고도 표현한다.
2) 왕휘지(王徽之)가 대나무를 무척 사랑하여, 일찍이 빈 집터에다 대나무를 심었다. 누가 그 까닭을 묻자 휘지가 대나무를 가리키면서, "하룬들 그대[此君]가 없어서야 되겠는가?" 하였다. -《진서(晉書)》 권80 〈왕휘지전(王徽之傳)〉

늙은 소

戱咏老牛效劉後邨體

커다란 덩치로 밭을 잘 일구네.
털 닳고 뼈 여윈 채 몇 해를 지났나.
밤이 오면 달 보고 헐떡이며[1] 바위 가에 서고
늦봄에는 구름을 갈다가 언덕 위에서 조네.
다리 굽히고 풀밭에 누워 울다가
고개 숙이고 풀 씹으며 앞개울을 지나가네.
이 소가 가엾구나, 너무나 늙었구나.
아이야, 함부로 채찍질 말거라.

巨質塊然善起田。　毛焦骨瘦幾經年。
夜來喘月巖邊立、　春晩耕雲陌上眠。
屈脚卧莎鳴北岸、　垂頭嚼草過前川。
可憐此物形多老、　爲語兒童莫浪鞭。

■

* 원제목이 길다. 〈유후촌의 체를 본떠, 희롱삼아 늙은 소를 노래하다〉 후촌은 송나라 유극장(劉克莊)의 호인데, 학문은 고금을 통하고 소아체(騷雅體)의 시를 잘 지었다.

1) 강회(江淮) 지방에서 자라난 물소는 더위를 무서워하기 때문에 달을 보고도 해로 잘못 알고는 미리 놀라 헐떡인다고 한다.

거울 갑에 쓰다
題鏡匣

물결 잔잔한 가을 강처럼 조촐해라.
갑 속에 별천지가 감추어져 있구나.
한갓 구경거리가 아니라 맑게 트였으니
내 마음도 스스로 어둡지 않고저.

淨似秋江斂水痕。 匣中藏得別乾坤。
涵虛淸潔非徒翫、 但慕吾心不自昏。

새벽에 바라다보니

曉望

개 짖는 소리는 마을마다 들리고
굶주린 까마귀는 나무마다 우네.
오들오들 추위가 뼈를 깎는데
산달이 먼 하늘에 나직이 떴네.

吠犬村村有、 飢鴉樹樹啼。
崚崚寒砭骨、 山月遠天低。

바둑

戱咏棊呼韻應口

높다란 집에 올라 수담[1]을 하니
땅땅[2] 흑백이 판을 울리네.
뒤섞여 흩어지니 무어와 같을까.
백사장에 점 찍힌 오리와 기러길세.

手談高堂上、　　　丁丁白而烏。
錯落何所似、　　　沙點鴈與鳧。

■
* 원제목이 길다. 〈희롱삼아 바둑을 읊었는데, 운자를 부르는 대로 입에서 시가 나왔다〉
1) "바둑 두는 것을 수담(手談)이라고도 하고 좌은(坐隱)이라고도 하는데, 꽤 고상한 취미가 있다." - 〈안씨가훈(顔氏家訓)〉
2) 《시경》에서는 도끼로 나무 찍는 소리를 정정(丁丁)이라는 의성어로 표현하였으며, 왕우칭(王禹偁)의 시에서는 바둑 두는 소리를 '정정'이라고 표현하였다.

성문을 나와 양숙에게 부치다
出城又以走筆寄良叔

그대와 헤어진 뒤부터
그대 생각 나날이 깊어만 지네.
이웃 되지 못한 게 한스러우니
지팡이 끌고 자주 서로 찾아나 볼걸.
바람 맑고 달 밝은 밤에는
나 혼자 언제나 시를 읊는다네.
내 들으니 벗 사이에 정이 있으면
그리워하기가 예나 이제나 같다네.
우습기도 해라, 이 세상 사람들
헛되이 금란(金蘭)[1]의 사귐을 맺으니,
속마음 털어내어 정을 주며
서로를 알아주던 옛 벗들과 어찌 같으랴.
고산(高山)과 유수(流水)의 곡조는
종자기의 거문고가 있을 뿐인데,

■

* 이 시 앞에 있는 〈무인년(1758) 정월에 양숙의 집에서 눈을 읊으며 함께 16운을 짓다〉와 이어지는 시이다.

1) 《주역》에 "두 사람이 마음을 함께 하면 그 날카로움이 쇠를 자를 수 있고, 뜻이 서로 맞는 말은 그 향기가 난초와 같다"는 말이 있다. 그래서 절친한 친구의 사귐을 금란지계(金蘭之契)라고 한다.

백아와 종자기가 없어진 지 오래니
아무리 친하다지만 지음은 적네.[2]
나는 오직 그대만을 생각하니
시원하게 가슴속을 털어놓아 보세.
나 사는 도구[3]가 쓸쓸하지만
그대에게 바라노니 왕림해 주소.
강호에 이삼월이 오면
집집마다 꽃나무들 어찌 그리 우거지는지.
자여와 자상호가 아니건만
큰 장마 들어 길이 막혀야 찾아줄 텐가.[4]

■

2) 자기(의 마음이나 곡조)를 알아주는 벗이 바로 지음이다. 춘추시대에 살았던 백아(伯牙)는 거문고를 잘 탔으며, 종자기(鍾子期)는 거문고 곡조를 잘 알았다. 백아가 태산에다 뜻을 두고 거문고를 타자, 종자기가 "참 훌륭하구나. 거문고 소리여, 높고 높아 태산 같구나." 하였다. 나중에 종자기가 죽자 백아는 "이제는 이 세상에 내 곡조를 알아줄 사람[知音]이 없구나" 라고 탄식하면서, 거문고 줄을 끊어 버리고 거문고까지 부수어 버렸다. 태산을 고산이라고 바꾸어, 고상한 곡조에다 흔히 '고산유수곡'이라는 말을 썼다.
3) 전국시대에 은공(隱公)이 은거하였던 노나라의 땅이다.산동성 양보현(梁父縣)에 있다. 그 뒤로는 '도구'가 늙어서 벼슬을 버리고 물러가 사는 곳을 말하였으며, 이 시에서는 자기가 사는 곳을 가리켰다.
4) 자여(自輿)는 자상호(子桑戶)와 친한 친구였다. 열흘이나 장마가 지자 "자

다만 동과 서로 나뉘어
성안과 성 밖이 막힌 게 한스러워라.
뒷날 모여 이야기판을 펼치면
사랑스레 돌아보며 깨우쳐 주세나.

與君分手後、　　思君日日深。
恨不接芳隣、　　扶笻頻相尋。
淸風明月夜、　　使我每獨吟。
我聞朋友誼、　　戀戀古猶今。
可笑世間人、　　虛結蘭與金。
未若知己者、　　輸情抽丹心。
流水高山曲、　　惟有子期琴。
世無牙期久、　　相親少知音。
我懷惟伊人、　　灑落堪論襟。
蕭然弊菟裘、　　願君枉駕臨。

■

상호가 병들었을 것"이라고 생각하고는, 자여가 밥을 가지고 가서 그에게 먹였다. -《장자》〈대종사(大宗師)〉 편.
이 시에서는 친구를 오랫동안 만나지 못해서 안타까워하는 마음을 이렇게 표현하였다.

江湖二三月、　萬家何森森。
不是輿與桑、　相訪阻大霖。
但恨東而西、　城市隔雲林。
他日會話地、　眷眷相規箴。

죽는 줄 알면서도 복어를 먹다니
河豚歎

이삼월 즈음에 고깃배를 강에 대면 복어가 자주 나타난다. 촌사람들이 복어를 잡아서 먹는데, 먹고서 중독되어 죽는 자들이 아주 많다. 먹으면 반드시 죽는 줄을 알면서도 무서워하지 않고 먹으니, 어찌 그리도 어리석다는 말인가. 그래서 이 시를 지어 한편으로는 스스로를 경계하고, 한편으로는 복어를 즐겨 먹는 자들에게 보여 주려고 한다.

하늘과 땅이 지극히 커서
태어난 물건이 조밀하기도 해라.
조물주도 또한 무슨 일을 하려고
독 있는 고기를 물속에다 남겨 두었나.
비늘 돋친 족속이 삼백여섯이지만
너와 같은 무리는 있지 않았네.
너야말로 악의 뭉치이고
독기로 모아진 덩어리일세.
억센 이빨은 날카롭고
성난 배는 둥글게 부른 데다,
비늘도 없고 아가미도 없는 놈이
가시는 온 몸뚱이에 총총 돋쳤네.
복어 맛에 혹한 자들은
생선 중에 가장 맛있다고 말하지.
비린내가 가시도록 솥에 푹 삶아
양념을 섞고 기름까지 치면,
산해진미의 맛도 다 잊어버리니

방어도 쇠고기도 맛이 없다네.
사람들은 복어를 보고 모두 기뻐하지만
나 혼자만은 복어를 보고 걱정을 하네.
아, 슬프구나, 이 세상 사람들아
목구멍에 윤낸다고 기뻐 말게나.
이보다 더 화가 어디 있으랴
무섭도록 그 해가 유독 심해라.
하늘과 땅 사이에 사람이 태어났다지만
흐르는 물처럼 덧없는 목숨이라오.
아아, 길어야 백년인 몸인데
잘 죽어도 오히려 서글플 텐데,
어쩌려고 독물을 마구 삼키어
가슴에다 창날을 묻으려 하시나.
비록 잠깐의 기쁨이야 얻는다지만
끝내는 목숨이 끊어질 텐데.
옆사람까지도 오히려 말리는데
자기 몸 생각을 어찌 그리 잘못하나.
마치 소인을 사랑하는 것과도 같아
그 말이 따뜻하고 부드러운 것만 좋아해서,
엿처럼 달콤한 말만 기쁘게 듣고
자신을 망치는 것도 모르는 것 같네.

고기 잡는 어부들이여, 내 말 좀 듣소.
복어에게는 낚시를 던지지 마소.
그놈도 또한 목숨 얻어 좋을 테고
사람도 또한 목숨이 길어질 테지.
아, 슬프구나, 세상 사람들아
돌이켜 생각들 해보소.
복어를 소인에게 견주었으니
어찌 푸른 눈[1]으로 반길 수 있으랴.
내가 세상 사람들을 깨우치려고
시를 읊어서 노래를 만들어 부른다오.

天地至大矣、 賦物密又稠。
造物亦何事、 毒魚水中留。
鱗蟲三百六、 旣無如爾儔。
淫惡之所鍾、 毒氣之所裒。
騈齒利而銳、 怒腹圓而周。
無鱗又無鰓、 荊棘身上抽。

■

1) 진(晉)나라 완적(阮籍)이 자기와 가까운 사람이 찾아오면 청안(靑眼)으로 맞이하고, 속물이 찾아오면 백안(白眼)으로 맞이하였다. 그 뒤로 반가운 사람이 찾아오면 "청안으로 맞는다"고 표현하였다.

惑於河豚者、　　自言美味尤。
腥肥汚鼎鼐、　　和屑更調油。
不知水陸味、　　復有魴與牛。
人皆見而喜、　　我獨見而憂。
吁嗟乎世人、　　勿喜潤脾喉。
凜然禍莫大、　　慓然害獨優。
人生天地間、　　倏忽如水流。
嗚呼百年身、　　考終猶或愁。
奈何呑毒物、　　胸藏戈與矛。
雖有頃刻喜、　　終然命忽輶。
傍人猶或止、　　計身何太謬。
比如愛小人、　　樂其言溫柔。
徒喜言如飴、　　不悟反賊劉。
我願捕魚子、　　豚魚勿投鉤。
物類亦得生、　　人命亦可脩。
吁嗟乎世人、　　我願反而求。
豚魚比小人、　　豈可回靑眸。
我欲警世人、　　咏以爲歌謳。

반가운 비 6월 11일

喜雨六月旬後一日

낮닭 소리에 단잠을 깨고 보니
오랜 가뭄 끝에 반가운 비가 처음 오네.
말랐던 논에도 도랑이 생겨 삽을 멘 사람이 많고
얕던 여울에도 물이 불어 배까지 다니겠네.
자라들도 기운을 얻어 가볍게 물결을 일으키고
해오라기도 신이 나서 멀리 연기를 끄네.
이제부터 우리 임금께서 은택을 펼치실 테니
언덕 위에선 농부타령으로 풍년을 기약하네.

午鷄聲裡罷酣眠。　　喜雨初來久旱天。
渠入枯田多荷鍤、　　潦添淺瀨可通船。
黿鼉得意輕搖浪、　　鵁鷺淸神遠拖烟。
自是吾王行化澤、　　農歌陌上占豊年。

벼룩

呼強韻以蚤爲題戲吟 一首

조그만 놈이 어지럽게 떼지어 괴롭히니
짧은 밤도 너무나 괴로워 한 해만큼이나 길어라.
네 몸이 날래다고 자랑 말게나.
내 손톱도 단단하다는 걸 좀 보아야지.
사람을 쏠 때는 모래 뿜는 물여우 같고[1]
큰 것에게 덤빌 때는 버마재비 같아라.[2]
파리떼 못지않게 참으로 귀찮으니
구양공에게 배워 벼룩을 미워하네.[3]

■

* 원 제목이 길다. 〈어려운 운을 불러 벼룩을 제목으로 삼고 장난삼아 한 수를 읊다〉

1) 《시경》 소아 〈하인사(何人斯)〉 편에 "귀신이나 물여우라면 말할 수 없겠지만 [爲鬼爲蜮, 則不可得]"이라는 구절이 있는데, 집주(集注)에 "물여우가 모래를 머금고 물에 비치는 사람의 그림자를 쏘면 그 사람은 곧 병이 든다. 그러나 물여우의 모습은 보이지 않는다"라고 하였다. 남을 몰래 해치는 것을 말한다.

2) 거백옥(蘧伯玉)이 "그대는 버마재비를 모르는가? 팔을 들어 수레바퀴에게 대드는 것은 자기가 질 것도 모르기 때문이다"라고 하였다. -《장자》〈人間世〉

3) 송나라 구양수가 파리를 미워하여 〈창승부(蒼蠅賦)〉를 지었다. 그 옛 일을 본받아서 이덕무 자신도 벼룩을 미워하는 시를 지었다는 뜻이다.

紛紛小物自相將。　辛苦短宵若歲長。
莫道爾身兼銳勇、　爲看吾爪甚堅剛。
射入正似含沙蜮、　較大還如拒轍蜋。
堪比蒼蠅誠可嫉、　今來憎此學歐陽。

종이연
紙鳶

두어 가지 대쪽은 뼈가 되고
한 조각 종이는 깃털이 되었네.
배가 불러 날아가는 것이 아니라[1]
바람에 끌려 구름 위로 오르는 거라네.

數條竹爲骨、　一片紙作毛。
非是飽則去、　引風上雲霄。

■

1) 매는 배가 고프면 사람을 따르고, 배가 부르면 날아간다고 한다. 연(鳶)은 솔개와 비슷해서 붙여진 이름인데, 솔개는 또한 매와 비슷하므로 이런 표현을 쓴 것이다.

경서
經書

기묘년(1759) 봄에 수명루(水明樓)에 외롭게 있었는데, 휴일에 너무 할 일이 없었으므로 경서(經書)에 대한 시 11수를 지었다. 첫 번째의 시 말고는 각각 일백 자씩이었다. 첫 번째 시는 경서를 총괄하여 제목을 붙였으며, 나머지 10수는《주역》《상서》《시경》《주례(周禮)》《예기》《춘추》《논어》《맹자》《중용》《대학》이다.《주역》으로부터《주례》까지는 봄철에 지었고, 그 뒤의 몇 수는 이 겨울에 잇달아 지었다. 섣달 그믐날에 쓰다.

창제가 새 발자국을 보고서
문자를 처음으로 만들어 내었네.[1]
세대가 삼황 · 오제 시대로 내려오면서
경서가 빛을 발휘하였네.
여러 성현들이 차례로 서로 전하니
공업이 어찌 그리도 위대했던가.
서주의 수레바퀴가 동쪽으로 오자
슬프게도 차츰 쇠약해졌네.[2]

■

1)《설문(說文)》에 "황제의 사관이었던 창힐이 새의 발자국을 보고서 처음으로 서계(書契)를 창조하였다"고 하였는데, 뒷사람들이 문자를 창조한 창힐의 공을 높여서 마침내 제황의 존호를 붙여 '창제'라고 불렀다.
2) 중국의 서쪽인 풍호(豐鎬)에 도읍하였던 주나라는 유왕(幽王)이 포학한 정치를 하다가 견융(犬戎)에게 죽음을 당하였다. 평왕(平王)이 동쪽 낙읍(洛邑)으로 도읍을 옮긴 뒤부터 주나라는 쇠퇴해졌다.

하늘이 공자를 내시어
《주역》 읽다가 가죽끈이 세 번이나 끊어졌네.[3]
외워서 제자들에게 전하니
그때부터 아홉 경전이 비로소 늘어졌네.
바른 도가 용납되지 않고
노자와 장자도 시비가 많자,
맹자가 나와서 다시 펼치고
양주와 묵적이 다시 놀렸네.
말세로 내려가면서 떴다 가라앉았다 하더니
진나라 때에는 불 속으로 돌아갔네.[4]
긴 밤처럼 캄캄하여
남은 빛마저 장맛비에 묻혀졌더니,
유방이 글을 좋아하지 않아서
말 잔등에서 천하를 얻었네.[5]

■

3) 공자가 늘그막에 《주역》 읽기를 좋아하여, 가죽으로 엮은 책끈이 세 번이나 끊어졌다. - 《사기》 〈공자세가(公子世家)〉

4) 진시황이 천하를 통일한 뒤에 이사(李斯)가 우민정책(愚民政策)을 실시하였다. 민생(民生)에 관계되는 몇 가지 책을 제외한 제자백가(諸子百家)와 시서(詩書)들을 함양에 모아놓고 모두 불태워 버렸다.

5) 유방(劉邦)은 원래 글 읽기를 좋아하지 않았다. 황제가 된 뒤에 육가(陸

빠졌던 글들이 비록 세상에 나타났지만
들어 있는 것들도 거의 분명치 않아,
《서경》의 탈락으로 금문과 고문이 나누어지고[6]
《시경》까지 무너져 틀린 것이 많았네.
모든 글들이 다시 어두워지자
옛 책을 어루만지며 한숨만 보태었네.
송나라 왕업이 밝고 아름답게 열리자
정자와 주자의 도덕이 거의 이루어졌네.
널리 수집하고 오묘하게 익히니
각기 꽃다운 향내를 흐르게 했네.

■

賈)가 고조에게 시서(詩書)에 대하여 말하자, 고조가 "나는 말 잔등에서 천하를 얻었다. 무엇 때문에 시서를 일삼겠는가?"라고 꾸짖었다. 그러자 육가가 "말 잔등에서 천하를 얻었지만, 말 잔등에서 천하를 다스릴 수야 있겠습니까?" 하였다.

6) 한(漢)나라 초기에 《서경》을 복원하기 위하여 《서경》 전문가를 구하였는데, 복승(伏勝)이 29편을 외워서 조조에게 전하였다. 당시의 글자로 쓰여진 이 《서경》을 '금문상서(今文尙書)'라고 한다. 나중에 노나라 공왕이 공자의 옛 집을 헐다가 벽 속에서 《서경》을 발견하였는데, 옛 글자로 쓰여졌으므로 '고문상서(古文尙書)'라고 하였다, 고문상서는 금문상서보다 16편이나 많은 45편이 전해지는데, 복승이 다 외워 전하지 못하고 탈락했기 때문이라고도 하며, 일부 학자들은 고문상서가 오히려 금문상서보다 나중에 지어진 위작이라고도 한다.

그 남긴 것을 세상이 숭상하지 않으니
역대에 전한 자가 드문 데다,
옛날과 지금은 거리까지 멀어져
귀하게 여김 받기는 어렵게 되었네.
글과 보물을 함께 놓아둔다면
많은 사람들이 보물을 집겠지.
유학에 끼친 액이 어찌 이리 많은지
다 말하려니 눈물이 옷을 적시네.

倉帝演鳥跡、　文字始發揮。
世代降三五、　經書生光輝。
羣賢迭相傳、　功業何巍巍。
西周轍復東、　嗟嗟漸衰微。
維天降孔聖、　讀書三絶韋。
誦以傳弟子、　九經始依依。
正道不能容、　老莊多是非。
孟子復披闢、　楊墨更有譏。
叔季轉沉浮、　秦時火中歸。
暗暗如長夜、　陰雨沒殘暉。
劉郎不喜文、　馬上得九圍。
逸書雖出世、　所有皆依俙。

書脫分古今、　　詩壞多舛違。
諸書復茫昧、　　撫古增戲欷。
有宋啓休明、　　程朱其庶幾。
蒐輯及蘊奧、　　各自流香緋。
餘存世不尙、　　歷代傳者稀。
去古今已遠、　　貴此難可希。
若置書與寶、　　人多執珠璣。
斯文厄何夥、　　欲道淚沾衣。

오늘에야 문 밖에 나가

暑病涔涔秋生始出門漫成

구름 놀 깊은 곳에서 오래도록 바장이다가
오늘에야 사립문을 비로소 열었네.
서남쪽은 거의 하늘이 들판에 닿고
이 중간은 아득하게 물결이 대(臺)를 띄웠네.
가을이 되니 시든 버들잎이 먼저 흩날리고
비 지나간 낡은 담엔 이끼가 오르려네.
앓다 난 몸으로 막대 짚고 강가에 섰더니
묵은 약속 저버리지 않고 갈매기가 찾아드네.

烟霞深處久徘徊。 今日柴扉始自開。
太半西南天接野、 此中縹緲水浮臺。
臨秋老柳先飄葉、 經雨頹墻欲上苔。
扶杖病餘江渚立、 白鴎不負舊盟來。

■

* 원제목이 길다. 〈더위로 병들어 시달리다가 가을이 되어서야 비로소 문밖에 나가 부질없이 짓다.〉

중들의 놀음을 보고서

觀僧戲

중의 무리 열댓 명이 깃발을 들고 북을 둥둥 울리며, 때때로 마을 안에 들어와 입으로 염불을 외웠다. 발을 구르고 춤추면서 속인의 이목을 현혹시켜 곡식을 달라고 하니, 한번 웃음거리가 될 만하다. 그 사실을 기록하여 시 한 수를 지었다.

북 치고 징 두드리는 소리에 사방이 들썩이네.
뜰 안에는 소반 받든 사람들이 빽빽이 늘어섰네.
꽃 달린 고깔이 속인들 눈에 곱게 뵈어
붉은 비단 깃발을 끌면서 억지로 신을 청탁하네.
반나절을 일제히 나무아미타불만 불러대며
단골주인[1] 복 누리라고 기도를 드리네.
춤출 때 시골 아낙네 수줍게 하는 말이
내년에는 새 아들을 낳는다고 자기에게 일렀다네.

伐鼓撞鍾動四隣。　　庭中簇簇奉盤人。
花翻彩笠徒媚俗、　　旗曳紅綃強托神。
齊唱南無饒半日、　　更祈東道享長春。
舞時邨婦含羞語、　　記取明年得子新。

■

1) 촉지무(燭之武)가 진백(秦伯)에게 말하기를 "만약 정나라를 동도(東道)의 주인으로 삼아 사자가 오고갈 때에 그 곤핍한 사정을 이바지하게 한다면, 그대도 해로울 것이 없으리라"고 하였다. 동도의 주인이란 단골주인을 뜻한다.

원유편
遠遊篇

주자(朱子)가 열아홉 살 때에 지은 〈원유편〉을 우연히 보았는데, 그 말 뜻이 매우 강개하였다. 내 나이 지금 열아홉이라 일찍이 이를 사모하여 지어보려고 하였지만, 시간이 많으면서도 짓지를 못하였었다. 올해 섣달 그믐밤에 또 그 시를 펴보고서 마침내 애석하게 여겼으니, 만약 이 밤을 넘기면 이미 열아홉 살이 아니기 때문이다. 그래서 붓을 잡고 갑자기 시를 엮으니, 효빈(效嚬)[1]의 놀림을 받으리라는 것은 알고 있다. 그러나 주자를 사모하여 지은 것이니, 이는 주자를 경앙하기 때문이다.

자리에 있는 사람들아. 귀를 기울이고
〈원유편〉 내 노래를 들어보소.
멀리 노닐며 어디까지 가려는가
천만 고을 두루 다니려는 거라네.
동으로 서로 그리고 남으로 북으로
바다 구석에다 산 경계까지,
구름을 타고 가니 막힘이 없어
천리마가 있대도 부럽지 않네.
잠깐 사이에 팔방을 다 지나며
어슴푸레하게나마 사방을 보았네.
이렇게 노닐어 회포를 풀어보고

■

1) 월나라 미인 서시(西施)가 심장병이 들어 가슴을 움켜쥐고 얼굴을 찡그렸더니, 그 마을의 못생긴 여자가 그렇게 하면 아름다운 줄 알고 자기도 가슴을 움켜쥐고 얼굴을 찡그렸다.《장자》에 나오는 이 말은 무턱대고 남을 흉내내다가 잘못된다는 뜻으로 쓰인다.

비분강개한 마음속을 내뱉으려네.
부질없이 바쁘고 수고하면서
헛되게 세월을 보낼 것도 없고,
부질없이 고요하게 파묻혀서
방 안에서 방황할 필요도 없네.
맹자처럼 외로운 신세로
제나라와 양나라로 왔다 갔다 할 것도 없지.
소매 떨치고 사립문을 나섰더니
문을 나서자마자 내 마음이 아파지네.
내 마음이 무슨 일로 아파지나.
굽이굽이 험한 길 조심하느라 주저하고
층층진 파도는 약목[2]을 막았네.
불같은 구름은 월상[3]에 드리웠고
호수[4]는 서리 같은 어금니를 가는 데다

■

2) 회야(灰野)의 산에 있는 나무인데, 잎은 파랗고 꽃은 붉다. 해가 들어가는 곳이다. 서쪽을 말한다.
3) 교지(交趾)의 남쪽에 월상씨가 있다. 남쪽을 말한다.
4) 백호(白虎)의 별자리이다. 서쪽을 말한다.

귀국[5]에는 얼음이 꽁꽁 얼었네.
내 나이 이제 열아홉이 되었으니
감당하지 못할 무서움은 없네.
쇠로 만든 신발을 한번 신고서
고생 끝에라도 태항산을 밟아 보리라.
그런 뒤에라야 풍설을 견딜 수 있을 테니
황폐한 초가집만 지킬 필요는 없네.
내 노래를 들으니 어떠한가.
호기가 온 집에 가득해졌네.

舉座且側耳、　聽我歌遠遊。
遠遊何所至、　周遊千萬州。
東西暨南北、　海隩及山疆。
駕雲當無碍、　不必羨龍驤。
須臾歷八紘、　眇忽覽四方。
所以展懷抱、　又是吐慨慷。
不須空勞碌、　虛擲日月光。

■

5) 옛날 북방에 있던 나라 이름.《산해경》에 나오는데, 사람 얼굴에다 뱀의 몸을 한 동물들이 살고 있다고 한다. 그 뒤부터 북쪽이란 뜻으로 쓰인다.

不須空寥落、　　　房中但彷徨。
莫學孟夫子、　　　踽踽向齊梁。
拂袖試出門、　　　出門我心傷。
我心傷何事、　　　躕躇愼羊腸。
層濤隔若木、　　　炎雲低越裳。
虎宿霜牙磨、　　　鬼國玄氷剛。
吾齡始十九、　　　莫畏不可當。
一欲躡鐵鞋、　　　辛苦踏太行。
然後耐風雪、　　　莫守草亭荒。
吾歌聽如何、　　　豪氣滿一堂。

나이를 더 먹는 떡
添歲餠

설날에 흰떡을 만들어 썰어서 떡국을 만든다. 추워지거나 더워져도 잘 상하지 않고 오래 견딜 뿐 아니라, 그 조촐하고 깨끗한 모습이 더욱 좋다. 이 떡국을 먹지 못하면 한 살을 더 먹지 못한다는 풍속이 있다. 그래서 내가 이 떡국에다 억지로 '첨세병'이라는 이름을 붙이고, '첨세병'을 노래하였다.

천만 번 방아를 찧어 눈빛으로 둥글어지니
신선의 부엌에서 만든 금단(金丹)[1]과도 비슷해라.
해마다 새 나이를 더하는 게 아주 미우니
서글퍼라, 나는 이제 더 먹고 싶지 않구나.

千杵萬椎雪色團。　　也能仙竈比金丹。
偏憎歲歲添新齒、　　怊悵吾今不欲餐。

■

1) 단(丹)은 불에다 오래 태울수록 변화가 더욱 기묘하며, 황금은 불에다 백 번 달구어도 녹지 않는다. 이 두 가지 물건을 오래 복용하면, 사람의 몸이 단련되어, 늙지도 않고 죽지도 않는다. -《포박자(抱朴子)》 권4 〈금단(金丹)〉

이튿날 돌아오는 길에

明日歸路

길 북쪽엔 조그만 우물이 있고
길 남쪽엔 큰 소나무가 있네.
나그네가 물 마시고 쉬노라니까
옷소매에서 맑은 바람이 일어나네.

路北有小井、　　路南有長松。
行人飮且憩、　　衣袂生淸風。

내 집을 찾아오다가 길을 잃고 돌아간 백영숙에게 차운하다

次寄白永叔

내가 집을 종남산(終南山) 아래로 옮기자, 영숙[1]의 세 종형제가 찾아오다가 골짜기가 깊어서 길을 잃고 돌아갔다. 영숙이 나에게 절구 한 수를 보내어 서글퍼하는 뜻을 보였으므로, 내가 즉시 차운하여 이 시를 보냈다.

꽃잎이 뜬 시냇물 더디게 흐르는 곳,
내 집은 알기 쉬우니 물가에 사립문이 있네.
티끌세상의 나그네가 왔다고 산신령이 의아하게 여겨,
일부러 구름을 깊게 하여 길을 잃고 돌아가게 했겠지.

花泛溪流出澗遲。　吾家易識水邊扉。
山靈却訝塵間客，　故使雲深失路歸。

■
1) 백동수(白東脩)의 자이다.

섣달 그믐날 석여에게 주다
除日次贈錫汝

해마다 섣달 그믐날을 만나는데
그 그믐날이 바로 오늘밤일세.
세월이 어찌 그리 빠른지
스스로 무료한 게 너무도 서글퍼라.
푸닥거리 하는 곳마다 북소리 둥둥
조왕신에게 제사 지낸다고 멀리서 등불 반짝이네.
매화도 또한 몇 날이나 가랴.
남은 꽃잎이 사람을 향해 나부끼네.
마음을 함께한 서너 벗들이
산 넘어 서로들 맞아들여,
손잡고 뜨락을 거닐며
북두를 바라보고 새벽을 점치네.
늙어갈수록 착한 덕을 닦세나그려.
붉은 얼굴 시든다고 한탄하지 마세나.

年年逢除日、　　除日又今宵。
日月何太駛、　　惆悵自無聊。
祠神鼓鼕鼕、　　祭竈燈迢迢。
梅花亦幾時、　　殘蘂向人飄。
三四同心子、　　隔岡相與邀。
携手步庭際、　　五更占斗杓。
老大修令德、　　莫歎朱顏凋。

아침에 읊다
朝咏

둘째 연은 두 해 전에 읊었던 것이다. 전체 구절을 잃었다가 이제야 이 둘째 구절이 생각나기에, 그 나머지를 보완한다.

일도 없는 고상한 사람이 사는 곳이라
국화 핀 울타리에 조그만 문을 내었네.
두 해 동안 강한(江漢)을 꿈꾸며
밤새도록 고금을 이야기했지.
뜰에 떨어진 나뭇잎은 어디서 날아왔는지
먼 곳의 마음이 담 사이로 환히 보이네.
나의 생애는 구름과 물 밖에 있어
날이 개이자 닭과 돼지들이 흩어지네.

無事高人住、　菊籬成小門。
二年江漢夢、　終夜古今言。
庭落何來葉、　墻明遠處村。
生涯雲水外、　晴日散鷄豚。

사립문에서 바라보며
柴門有見

누구네 집 종이 짧은 채찍으로
가랑비 속에서 나귀를 모네.
어디서 왔느냐고 물었더니
남산 단풍을 손으로 가리키네.

短策誰家僕、　驅驢小雨中。
問從那裡到、　手指南山楓。

늦가을
晩秋

조그만 서재의 가을날이 더할 수 없이 맑아,
손으로 칡베 두건을 바로잡으며 물소리를 듣네.
책상 위에는 시편이 있고 울타리에는 국화가 피었으니,
사람들은 이 그윽한 취미를 도연명 같다고 말하네.

小齋秋日不勝淸。　　手整葛巾聽水聲。
案有詩篇籬有菊、　　人言幽趣似淵明。

옴으로 괴로워하며

病題. 又題

내 몸에 옴이 점점 심하여져서, 국화잎을 짓이겨 붙이기도 하고 국화즙을 내어 마시기도 하였다. 답답하고 심심하여 몇 편의 시를 지었는데, 드디어 축(軸)을 이루게 되었다. 임오년(1762) 7월 2일 미시에 살고 있는 방에서 쓰다.

저녁 해가 숲 끝머리에 숨어들자
지친 나무꾼이 가면서 혼자 노래하네.
초가집에서 묵은 병을 앓고 있건만
친한 벗[1]은 푸른 구름다리에 막혀 있구나.
등불 아래서 의서를 뒤적이며
아우와 형이 약즙을 만드네.
도를 닦다가 한 해가 저무는 줄도 몰랐으니
어느 곳에서 신령한 싹이 자라고 있나.

西日隱林杪。 樵勞行自謠。
宿痾吟白屋、 親友滯靑橋。
燈火醫書閱、 弟兄藥汁調。
道心驚歲晚、 何處長靈苗。

■
1) 백영숙을 가리킨다.(원주)

시냇가 집에서 한가히 읊다

溪堂閑咏

숲속의 꽃을 꺾어 냄새를 맡다가
이따금 삐딱하게 두건에도 꽂아보네.
빈 집에서 휘파람을 한 번 불자
성머리의 까마귀가 놀라 일어나네.

手折林花嗅、 時復揷巾斜。
一聲虛閣嘯、 驚起城頭鴉。

가뭄을 딱하게 여겨 사실대로 쓰다

悶旱記實

1.

한 그릇 밥으로 두 이랑 밭과 바꾸었다고
임자년 가뭄[1] 이야기를 노인들이 전해 주네.
바람 귀신을 송사할 만한 문장은 아직 없지만
팔방 거리[2]에서 가뭄 용 매질하는 것을 장차 보리라.

一盂飯易二頃田。　父老猶傳壬子年。
未有文章風伯訟、　將看馗達旱龍鞭。

■

1) 1732년에 커다란 가뭄으로 흉년이 들었다. 그래서 공명첩(空名帖)을 팔아, 그 곡식으로 굶주린 백성들을 구휼하였다. 12월에는 예산이 부족하여 관리들의 녹봉을 삭감하는 사태까지 일어났고, 이듬해 정월에는 금주령을 내리기까지 하였다. 1734년 5월에 전국적으로 기아민이 모두 71,900여 명이라는 보고가 올라왔다.

2) '구(馗)'는 아홉 갈래 길이고, '달(達)'은 팔달(八達), 즉 여덟 갈래 길의 뜻으로 쓰였다.

염락체를 모방하여

和曾若倣濂洛體以報

5.

나의 집은 서쪽 성 그대는 남쪽 성[1],
서쪽 성 남쪽 성에 다 같이 달이 밝아라.
달을 보는 좋은 밤에 벗이 없으니,
그대의 마음도 아마 나의 마음과 같겠지.

吾家西郭子南城。　　西郭南城共月明。
見月良宵無伴侶、　　子情應復若吾情。

■

* 송나라 염계(濂溪)와 낙양(洛陽) 지방에 살던 주자·정자·소강철 같은 성리학자들의 문체를 염락체라고 한다. 이 시의 원제목은 〈염락체를 모방하여 증약에게 회답하여 주다〉이다. 증약은 윤가기(尹可基)의 자이다.

1) 그가 지은 〈세제(歲題)〉라는 시에도 남문에 살던 이시복(李時福)이 서문에 사는 그를 찾아온다.

입춘날 문위에 쓰다
立春題門楣

아들은 어버이 장수하길 빌면서
백양과 전갱[1]처럼 오래 사소서 하고,
어버이는 아들의 도리를 가르치면서
증삼과 민자건[2]을 본받으라 하네.
형제와 부부 사이에
화목하고도 공경하라.
계미년 입춘날에
모두 천성을 닦아보라.

子祝父母壽、　伯陽籛鏗年。
父母教子職、　若曾參閔騫。
弟兄及夫婦、　和順而愛敬。
癸未立春日、　咸與修天性。

■

1) 백양은 노자(老子)의 자이다. 《열선전(列仙傳)》에 의하면 그는 어머니 뱃속에서 81년이나 있다가 세상에 태어났으며, 바로 말하였고 머리가 이미 세었다고 한다. 전갱은 요 임금 때에 살았던 사람인데, 767살이 되었어도 노쇠하지 않았다고 한다. 팽성에 봉하였기 때문에 팽조(彭祖)라고도 한다. 어버이의 장수를 축원하는 말로 많이 쓰였다.
2) 공자의 제자였던 증삼은 아버지 증석(曾晳)을 잘 섬겼던 효자로도 이름이 났다. 《논어》에서 증자(曾子)라고 존칭되었다. 공자의 제자 가운데 십철(十哲)에 들었던 민자건은 이름이 손(損)이다. 계모를 효성껏 모셨고, 이복형제들과도 우애가 도타웠다.

성삼문이 심은 소나무

掌苑署成氏松

옛날에 《충신전》을 읽었지만
충신의 마음을 보았을 뿐이었네.
충신의 모습은 어떠했을까 하고
멀리 바라보며 그리운 생각만 깊었었네.
이제 충신의 나무 아래 잠깐 쉬니
어느새 나의 마음이 숙연해졌네.
찢기어진 푸른 잎새가 수염과 같아
노한 기운이 지금까지 뻗치었구나.
서리를 흠뻑 맞고도 누운 채 죽지 않았으니
그 정령이 밤마다 응당 호령하겠지.
천리 밖 노릉의 접동새는[1]
날개가 짧아서 찾아오지 못하는가.

■

* 원제목은 〈장원서 성씨의 소나무〉이다. 단종복위운동이 실패하고 성삼문이 역적으로 몰려 죽은 뒤에, 그가 살던 집은 몰수되고 그 자리에다 장원서를 옮겨 세웠다. 옛날 성삼문이 심었던 소나무는 그 뒤에도 오랫동안 살아 남아서, 그의 충정을 그리워하는 많은 사람들이 찾아와 시를 지었다. 장원서는 지금의 정독도서관(예전 경기고등학교 자리)에 있었다.

1) 세조가 단종을 임금의 자리에서 내어 쫓은 뒤에, 노산군으로 강등하여 강원도 영월로 유배 보내었다. 성삼문 등의 단종복위운동이 실패하자 그를 죽였는데, 그의 무덤 이름이 장릉(莊陵)이지만 흔히 노릉이라고도 한다. 단종이 영월에 있을 때에 밤마다 매죽루에 올라가 앉고는, 사람으로 하여

昔讀忠臣傳、　　只見忠臣心。
忠臣貌何似、　　曠望懷想深。
暫甜忠臣樹、　　於焉肅我欽。
蒼葉磔如髯、　　怒氣亘至今。
飽霜偃不死、　　精靈夜應吟。
千里魯陵鵑、　　翮短不能尋。

■

금 피리를 불게 하였다. 그가 지은 〈자규사(子規詞)〉를 듣고 눈물을 흘리지 않은 사람이 없었다고 한다.

달 밝은 밤에 두견새가 우는구나.
근심을 띄우고 다락 머리에 기대어 서서
내가 슬피 우는 것을 나도 괴롭게 듣노라.
네가 아니 울면 내 괴로움도 없을 것을,
괴로운 걱정 많은 세상 사람들에게 몇 마디 말을 부치노라.
봄 삼월 두견새가 울어대는 산, 달빛 드는 다락에는 삼가서 아예 올라가지 말아달라고.

月白夜蜀魄啾。　　含啾情倚樓頭。
爾啼悲我聞若、　　無爾聲無我愁。
寄語世上若惱人、　　愼莫登春三月子規啼山月樓。

시를 논하다

論詩

1.

명오[1]는 그윽하고 기이한 시를 매우 숭상하고
여범[2]은 딱딱하고 까다로운 시만 오로지 힘쓰네.
차분하고 온자한 시는 치천[3]이니.
이 세 사람의 시 짓는 법이 사랑스러워라.

明五頗尙幽奇、　汝範專務硬澁。
安於醞籍穉川、　可憐三子詩法。

■

1) 이규승(李奎昇)의 자이다.
2) 이광석(李光錫)의 자인데, 호는 심계(心溪)이다. 이덕무의 조카이다.
3) 박상홍(朴相洪)의 자인데, 호는 종산(宗山)이다. 이덕무의 고종사촌아우이다.

2.

두 이씨 헌길과 우린[4]은
명나라 문장가의 선배일세.
빛나는 옛 기풍을 그 누가 따를건가
깊고도 넓은 그 말을 짝할 자가 없네.

雙李獻吉于鱗、　　　　大明文章先輩。
熊熊古氣孰追、　　　　泱泱逸聲難配。

■

4) 헌길은 명나라의 문장가인 이몽양(李夢陽, 1472~1516)의 자인데, 그는 "문장은 반드시 진한(秦漢)을 배우고, 시는 반드시 성당(盛唐)을 배워야 한다"고 주장하였다. 우린은 이반룡(李攀龍, 1514~1570)의 자이다. 그는 칠언고시의 시인으로는 두보를 높이고 칠언율시의 시인으로는 왕유를 높이며 절구의 시인으로는 이백을 높여, 송(宋)·원(元)의 시인들을 전부 제거한 채로《고금시산(古今詩刪)》을 엮었다.

세제

歲題

예전에 남산 시냇가에 살고 있을 때 내 집 이름을 선귤(蟬橘)이라고 하였다. 집이 작아서 매미 허물이나 귤껍질과 같다는 뜻이다. 지난해에는 나의 저서에다 쓰기를 "어린아이들이 장난삼아 희롱하는 것과 무엇이 다르랴. 마땅히 처녀처럼 부끄러워 감춰야 하리라" 하고, 다시 영처고(嬰處稾)라고 이름하였다. 나는 본래 무리를 떠나서 서문 곁에 살고 있어 벗들의 얼굴을 보기가 드물었는데, 이중오(李仲吳)[1]만은 한 달에도 두세 번씩 와서 나의 저서를 찾아보았다. 오랫동안 담론하다가 돌아가고는 하였다.

가을 기운은 참으로 슬퍼
틈나는 날마다 석대를 도네.
아이들 희롱과 처녀의 부끄러움이 어찌 큰 재주랴.
귤껍질 매미 허물고 내 살기엔 넓어라.
서문이 남문과[2] 바로 가까워
작달막한 이군이 바싹 마른 이군을 찾아오네.
성품이 버성겨서 쓰일 데가 없으니
영화도 오욕도 없이 버림받은 재목일세.

■

1) 이시복(李時福)의 자이다.
2) 오행(五行)에서 흰색은 서쪽이고, 붉은색은 남쪽이다.

秋之爲氣正悲哉。　暇日盤桓疊石臺。
兒弄女羞才詎峻、　橘皮蟬殼室堪恢。
白門正與紅門近、　短李時尋瘦李來。
性癖疎迂非適用、　無榮無辱散樗材。

초겨울
初冬

1.
시냇가 흰 판자문을 오랫동안 닫아두었는데,
나귀 탄 나그네가 와서 단풍나무 아래 앉았네.
산집이라 평소에 찾아오는 사람 드물어,
울타리 구멍에서 이따금 삽살개가 짖어대네.

長掩溪邊白板門。　騎驢客到坐楓根。
山家自是人來罕、　籬竇時時狵吠喧。

신사년 새해에 지난날을 더듬으면서
憶昔行辛巳新年吟

처음 말 배우던 옛날을 더듬어 보니
뛰놀며 새해를 기뻐했었지.
새해가 무엇인지도 알지 못하고
새 저고리 새 바지가 좋기만 했네.
어머님이 육갑을 가르쳐 주셔
한 해의 첫날이란 걸 그제서야 알았지.
손가락 꼽아가며 그날이 오길 헤아려
아이들 불러다 알려 주기도 했지.
열다섯 살이 넘은 뒤부터
그러던 마음이 차츰 스러졌네.
그럭저럭 열두 달 살아
경진년도 어젯밤으로 지나가 버렸네.
나이 얼마냐고 손님이 물었지만
입을 다문 채로 말하고 싶지 않아라.

憶昔初學語、　踴躍歡新年。
不識新年何、　只矜衣袴鮮。
慈母敎甲子、　初覺歲之先。
屈指計其日、　招邀兒童傳。
倏忽踰三五、　此心轉漠然。
居然十二月、　庚辰過昨夜。
客問年多少、　掩口不欲話。

썰렁한 나의 집
寒棲

재상들의 이름도 모르고
아는 것이라곤 책 읽는 취미뿐일세.
뜨락의 나무가 내 마음 같아서
우뚝 서서 맑은 바람을 모으네.

不識公卿名、　　頗知圖書趣。
庭木如我心、　　翼然淸風聚。

아버님 편지를 받잡고

得親書

귀뚜라미는 무슨 일로 울까?
이 가을 기운이 차갑게 느껴져서겠지.
나뭇잎들도 떨어지기 시작하고
기러기도 구름 끝에서 날아오네.
늙으신 아버님의 편지를 받고 보니
소자의 마음이 조금은 안정되네.
편지를 받들어 꿇어앉아 읽고는
다 읽어본 뒤에도 다시금 살펴보니,
옛 사람 배우기를 나에게 가르치며
훌륭하라 너그러워라 타이르셨네.

蟋蟀鳴何事、　感此秋氣寒。
草木始零落、　鴻鴈來雲端。
老親書始至、　小子心稍安。
執書長跪讀、　讀畢而又看。
敎我學古人、　戒我碩且寬。

강마을 노래

江曲

1.

배에는 황해바다 소금이 가득해
내일이면 충주로 가지요.
충주에는 목면이 많다기에
나는 벌써 베틀을 손질했어요.

滿船黃海塩、　明日忠州去。
忠州多木綿、　妾已理機杼。

2.

아이들은 물고기를 낚아오고
아비는 벼를 팔아오죠.
생선국에다 쌀밥을 지어 먹고는
울타리 꽃 속에서 도란도란 이야기하죠.

兒子釣魚至、　阿翁販稻歸。
羹魚炊稻飯、　籬花語依依。

3.
세심정 아래 물줄기는
남산을 향해 흘러가지요.
졸졸 흐르는 소리가 무슨 뜻일까?
끝없는 나의 넋두리지요.

洗心亭下水、　　流向蠶頭去。
淪漣亦何意、　　似妾無盡語。

5.
두 폭도 넘는 붉은 비단에다
관운장 초상을 가득 수놓았어요.
깃발을 만들어 배꼬리에다 꽂으면
바다 귀신도 감히 덤벼들지 못한대요.

紅綃二幅強、　　滿繡關壽亭。
作旗揷船尾、　　海神不敢獰。

■
* 첩(妾)이란 말은 아내가 남편에게 쓰는 1인칭이다. (마포에서) 소금을 싣고 충주로 장삿길을 떠나는 뱃사람의 아내가 부르는 노래이다.

향랑시
香娘詩

향랑은 선산(善山)의 시골 여자로 성품이 단아하고 고결하여, 여자다운 품위가 있었다. 그러나 계모가 인자하지 않은데다, 시집간 뒤에도 남편이 어리석고 사나웠다. 까닭 없이 꾸짖거나 때렸다. 시부모도 자기 아들을 말리지 못하고, 다른 데로 개가하라고 권하였다. 향랑이 울면서 친정으로 돌아갔지만, 계모가 거절하면서 받아들이지 않았다. 그 삼촌에게로 갔지만, 역시 마찬가지였다. 향랑이 울면서 다시 시댁으로 갔는데, 시아버지가 "네가 왜 다른 데로 시집가지 않았느냐? 내게로 돌아올 필요가 없다"라고 말했다. 향랑이 울먹이며 "문밖의 터에다 집을 짓고라도 죽을 때까지 살고 싶습니다"라고 말했다. 그러나 시부모가 끝내 허락하지 않았다. 그래서 죽기로 결심하고 남몰래 지주비(砥柱碑)[1] 아래에 가서 울고 서 있었다. 마침 나무 하던 계집애를 만났는데, 바로 같은 마을 사람이었다. 그래서 자기의 사정을 하나하나 말하고는 "내 남

■

1) 경상도 선산에 세운 고려 충신 야은(冶隱) 길재(吉再)의 유적비(遺蹟碑)이다. 1586년에 인동현감 유운룡이 세웠는데, 앞에는 중국 사람 양청천(楊晴天)이 "지주중류(砥柱中流)"라고 썼으며, 유성룡이 음기(陰記)를 썼다.
2) 〈산화곡〉은 〈산유화(山有花)〉라고도 불리는데, 영남지방에서는 향랑의 죽음을 슬퍼하여 많은 시인들이 〈산유화곡〉을 지었다. 김려가 엮은《담정총서》에만 보더라도 이안중이 지은 〈산유화〉, 〈산유화곡〉과 이우신이 지은 〈산유화〉, 그리고 이노원이 지은 〈산유화곡〉, 〈산유화후곡〉 등 다섯 편이 실려 있다. 참고 삼아 이안중이 지은 〈산유화〉를 소개한다.

산에 꽃이 피었으나/나는 홀로 집이 없다네/그대 집 없는 이 몸이란/꽃보다도 못하다오
산에 꽃이 피었네/그 꽃은 오얏과 복사라네/복사와 오얏은 섞여 피었다지만/복사 나무엔 결코 오얏이 피지 않으리라
오얏은 흰 꽃/복사는 붉은 꽃/희붉은 것이 같지 않으니/떨어진들 복사꽃이 아니라

편이 나를 미워하고, 친정의 계모와 삼촌까지도 나를 받아들이지 않았다. 게다가 시부모까지도 나에게 억지로 개가하라고 권하니, 내가 어디로 가겠는가? 지하에 가서 사랑스러운 어머니를 뵈옵겠다. 네게 신 한 짝을 줄 테니 이걸 가지고 우리 친정에 가서 '향랑은 갈 데가 없어 저 강물 속으로 몸을 내던져 죽었다'고 전해 주렴" 하고 부탁하였다. 〈산화곡(山花曲)〉[2] 한 구절을 부른 뒤에, 드디어 물 속에 뛰어들어 죽었다. 나무 하던 계집애가 그 일을 전하자, 고을 사람들이 그를 정녀(貞女)라 이름하였다. 조정에서도 그 마을에다 정려(旌閭)를 세워 주었다. 내가 그 계모와 삼촌 그리고 남편과 시부모의 의리 없음을 한탄하여, 시를 지어 자세하게 기록한다.

선산 어느 백성의 집에
향랑이란 여자가 있었네.
성품이 온화하고도 부드러운 데다
용모도 깨끗하고 반듯하였네.
소꿉장난하던 서너 살 때도
사내들과는 놀지 않았네.
어린 나이에 어머니를 여의었더니
계모가 거칠고도 막돼먹어,
종처럼 꾸짖기도 하고
말이나 소처럼 때리기도 했네.
딸 된 도리에 어쩔 수 없어
머리 숙이고 시키는 대로 하다가,
자란 뒤에 임씨 집으로 시집갔건만

슬픔과 걱정은 풀리지 않았네.
시부모야 향랑을 가엾게 여겼지만
남편의 마음은 그렇지 않아,
밥을 지으면 모래가 섞였다 하고
옷을 지으면 몸에 안 맞는다 투정했네.
향랑이 비록 백성의 딸이라지만
옛 사람의 법을 많이 알기에,
공손하고 순종해야 현숙한 여인네지
그렇지 않으면 몹쓸 아낙네라 여겨,
마음을 삼가 남편의 뜻을 받들었지만
남편 말로는 오래 살 수 없다네.
이러저러한 말을 많이 듣던 중
다른 사람에게 시집가라고까지 하니,
살고 싶어도 무슨 기쁨으로 살겠나.
차라리 죽는 게 나으리라고 생각했네.
구월 초엿샛날
지주비에서 통곡하네.
죽으려면 명백히 밝히고 죽어야 하건만
내가 죽으면 그 누가 알아주랴.
나무하던 어느 집 딸이
통곡하는 내 모습을 유심히 보았네.

너를 만난 것도 하늘 뜻이니
나의 말을 자세히 기록해다오.
너의 집은 어느 쪽에 사나,
알고 보니 같은 마을일세.
연못 속에 뛰어들어 죽으려 했지만
아무도 모를까봐 걱정했었지.
우리 아버지는 박자신이고
내 남편은 임씨의 아들이지.
칠봉이 내 남편 이름인데
열일곱 살에 내가 시집갔었지.
내 남편 나이가 그때 열넷인데
타고난 성품이 불같이 사나워서,
때 없이 노여움이 제멋대로 일어나
해가 가고 달이 가도 마냥 그대로였지.
아직도 어려서 그렇겠지 생각하고
장성해질 때를 기다렸건만,
장성해진 뒤에도 그 버릇 고치지 않아
시부모께서도 타이르지 못하셨네.
나를 가여워한 건 시부모뿐이어서
친정부모께로 보내 주었건만,
집으로 돌아가자 계모가 성 내며

무엇하러 왔느냐고 구박하였네.
아무 말 못 하고 마음만 서글퍼져
발길을 돌려서 삼촌 집으로 갔었네.
삼촌은 이렇게 말했지.
“네 남편이 너를 버려 돌보지 않고
너의 친정부모들까지도
너를 거절하고 사랑하지 않으니,
내 비록 친삼촌이지만
조카딸이라고 받아들일 수는 없구나.
젊은 나이에 소박을 맞았으니
다른 데로 개가하는 것이 좋을 것이야.“
말하기도 전에 눈물이 먼저 떨어지니
삼촌이 어찌 그리 무정하신지,
이 조카딸이 비록 촌아낙네지만
이런 말을 들으리라곤 생각도 못 했었네.
남편의 집으로 돌아갈 수밖에 없어
시부모에게 두 번 절하고 뵈었더니,
시부모께선 이렇게 말씀하셨네.
“네 남편은 성내지 않을 때가 없다”고
내 눈물 머금고 절하며 아뢰었지
“문밖에다 터만 내어 주신다면

서너 칸 집을 얽어매어서
그곳에 살다가 죽으렵니다."
시부모께선 이렇게 말씀하셨네.
"그러지 말고 개가하는 게 좋을 것이야.
너를 보니 죽을 마음이 있구나.
그런 말은 부디 꺼내지 말라.
문서를 만들어 주며 네게 약속할 테니
좋은 곳으로 시집가길 바란다."
이 며느리가 비록 못났지만
어찌 차마 그런 짓을 하랴.
마음속에선 얼음과 불이 싸웠지만
억지로 기쁜 것처럼 거동했지.
칡신으로 찬 서리를 밟으며
남몰래 못가에 와서 울었네.
아, 슬프구나, 온 나라 사람들이여
그 누가 향랑의 뜻을 밝혀 주랴.
남자를 만났더라면 말도 못 했을 테고
나이 든 여자라면 날 못 죽게 했겠지.
네 모습이 총명하고도 슬기로우니
내가 한 말들을 기억하겠지.
돌아가면 우리집에다 전하여

오늘 강물 속에 몸을 던졌다고 하렴.
황천에 가서 우리 어머니를 뵙고
이 슬픔을 낱낱이 말씀드리련다.
네게 〈산화곡〉을 가르쳐 주지.
이 곡 가운데 슬픈 구절이 많단다.
"하늘은 어이 그리 높고
땅은 어이 그리 넓은가.
이처럼 커다란 천지에도
내 한 몸 의탁할 곳이 없네.
차라리 강물 속에나 뛰어들어
물고기 뱃속에다 뼈를 묻으리라."
네가 부디 이 노래를 전해서
뒷날에 나의 혼을 불러 다오.
신 한 짝을 네게 줄 테니
내가 한 말들을 증거 삼아 다오.
내가 하는 일을 잘 보아 주면
죽은 뒤에라도 네게 보답하리라.
저고리를 벗어 얼굴을 가린 뒤에
온몸을 맑은 물속에 던져 버렸네.
계집애가 와서 그 말을 전하니
죽을 때 나이가 스물이었다네.

부사가 그 사실을 올리고
감사도 임금께 아뢰어,
정녀(貞女)라고 이름지어 부르고는
무덤 옆에다 빗돌을 세워주었네.
지금까지도 〈산화곡〉 노래를 들으면
마을 사람들이 눈물을 흘린다네.

善山百姓家、　有女曰香娘。
性情和且柔、　顔貌潔且方。
戲嬉三四歲、　不與男子遊。
弱年哭慈母、　後母多愆尤。
罵之如奴婢、　毆之如馬牛。
爲女當如何、　低頭隨所爲。
及長嫁林氏、　慼慼憂不弛。
翁姑雖憐娘、　夫心不如斯。
炊飯謂有沙、　縫衣謂不愜。
娘雖百姓女、　頗識古人法。
恭順爲賢女、　不然爲惡婦。
謹心承夫意、　夫曰不可久。
頗聞云云說、　以我他人嫁。
欲生生何喜、　不如死之可。

九月初六日、　　痛哭砥柱碑。
死當明白死、　　我死誰當知。
采薪誰家女、　　有意看我哭。
逢汝亦天憐、　　我言詳記錄。
爾家那邊住、　　知是同隣曲。
欲投池中死、　　無人知其事。
吾父朴自新、　　吾夫林氏子。
七鳳吾夫名、　　十七嫁林氏。
夫年時十四、　　稟性如火烈。
自發無時怒、　　年年復月月。
意謂尙童心、　　惟待年壯盛。
壯盛猶不悛、　　父母莫能警。
憐我惟翁姑、　　送我父母家。
歸家母氏怒、　　爾來欲如何。
無語只忉怛、　　反自歸叔父。
叔父曰汝夫、　　棄汝不復顧。
汝家父與母、　　拒汝不憐汝。
吾雖親叔父、　　不堪留侄女。
少年作棄婦、　　不如歸他人。
淚從言前落、　　叔父何不仁。
侄女雖村婦、　　不期叔言聞。

不如歸夫家、　再拜謁翁姑。
翁姑曰汝夫、　怒心無時無。
含淚拜且言、　願得門外地。
結屋三四椽、　死生於此已。
翁姑曰不然、　不如更嫁去。
觀爾有死心、　愼勿出此言。
作券以約汝、　珍重歸好處。
子婦雖不敏、　那忍爲此事。
心中若氷火、　擧動強自喜。
葛屨履寒霜、　潛哭來澤涘。
吁嗟國中人、　誰白香娘意。
逢男不足說、　壯女救我死。
爾貌甚聰慧、　記我此言不。
歸去傳我家、　是日江中投。
黃泉見我母、　歷歷說此愁。
教汝山花曲、　曲中多悲憂。
天乎一何高、　地乎一何博。
如此大天地、　一身無依托。
寧赴江水中、　葬骨於魚腹。
幸汝傳此曲、　我魂招他日。
雙屨贈汝去、　憑玆言一一。

努力看我爲、　　死後多謝爾。
脫衫蒙頭面、　　擧身赴淸水。
兒來傳其語、　　死時年二十。
府使上其事、　　監司奏御榻。
名之曰貞女、　　烏頭墓旁立。
至今山花曲、　　村人聞之泣。

초승달에 절하다
拜新月

초저녁 굽은 난간에 서서 달맞이를 하였네.
붉은 치마 입고 뜨락에 거닐자 노리개 소리 잘랑거렸네.
꽃 사이로 혹시라도 사내들이 엿볼까 겁나서,
반절은 겨우 했지만 남은 반절 하기가 어려워라.

迎月初昏立曲欄。　　榴裙步砌拂珊珊。
花間恐被郎偷見、　　半拜纔成半拜難。

죽은 딸을 땅에다 묻고서

瘞女

시월 빈산에다 영원히 너를 내버리니,
땅 속에는 젖이 없어 너는 이제 굶주리겠지.
인삼이 있다 한들 죽는 자를 어찌 붙잡으랴.
고황[1]에는 기술도 소용없으니 나도 의원을 원망하지 않으리라.

十月空山永棄之。　地中無乳汝斯饑。
人蔘那挽將歸者、　技竭膏肓不怨醫。

■

1) 고(膏)는 가슴 아래쪽이고, 황(肓)은 가슴과 배 사이에 있는 얇은 막이다. 고와 황 사이에 병이 들면 고치기가 어렵다.

봉원사
奉元寺

성 서쪽 오리도 못되는 곳에
새로 지은 절 이름이 봉원사라네.
금벽 단청(丹靑)이 마치 귀신 같아
모서리마다 다 날아갈 듯해라.
동자 얼굴의 부처를
이곳에 모시고 받드는구나.
네게 묻노니 무슨 공덕이 있기에
중생들이 다투어 따르는가.
미련한 중이 범보다도 튼튼해
손님이 와도 문에 나와 맞을 줄 모르고
한낮에도 요에 누워 잠이나 자다가
흉년인데도 쌀밥만 지어 먹누나.

■

* 봉원사는 서울 서대문구 봉원동에 있는 절이다. 신라 진성여왕 3년인 889년에 도선(道詵)이 짓고 반야사(般若寺)라고 하였는데, 임진왜란 때에 불탄 것을 지인(智人)이 재건하였다. 영조 24년인 1784년에 지금의 터로 옮겨 새로 짓고, 봉원사라고 이름도 고쳤다. 이때부터 새절이라고도 불렀다. 정조 때에 전국 승려의 풍기를 바로잡기 위하여 봉원사에다 규정소(糾正所)를 두었다.

城西不一堠、　　新寺曰奉元。
金碧類鬼神、　　觚稜勢飛翻。
有佛顏如童、　　宅玆以爲尊。
借問何功德、　　衆生劇趍奔。
頑僧健於虎、　　客到不迎門。
白日蒲團睡、　　荒年稻飯飡。

아정유고(雅亭遺稿)

이덕무 자신의 호를 따서 직접 지은 《아정유고》는 시와 문장의 여러 체를 시범한 것이다. 《청정관전서》의 권9부터 권20까지의 열두 권이 바로 《아정유고》인데, 그 가운데 권9부터 권12까지 네 권에 시가 남아 있다.

그가 죽은 지 3년 뒤에 정조가 그의 아들 이광규(李光葵)를 검서관으로 삼고, 그의 유고를 내탕금으로 간행하게 하였다. 8권으로 된 이 책의 이름도 《아정유고》이지만 필사본 《청장관전서》 안에 들어 있는 《아정유고》와는 체제와 내용이 다르다. 왕명으로 간행된 《아정유고》는 편집자의 주관에 의하여 이덕무의 시와 문장 가운데 일부만 골라서 뽑은 것이다.

靑莊館
李德懋

수숫대를 꺾어서 빗자루를 매다

芟蜀黍縛帚

4월에 조촌(潮村)에 갔더니, 낱알이 뚜렷하고 검으면서도 붉은 빛이 드러나는 씨앗이 있었다. 한 집안 사람인 화중(和仲)이 "이게 빗자루 감이다. 다른 수수는 억세어 오래 가지 못하며, 줄기가 말총 같지 않다. 그러나 이건 그렇지 않다."고 말하면서, 내게 세 움큼을 주었다. 돌아와 돌담 그늘에 심었더니, 과연 육칠월이 되자 훤칠하게 자라 단단해졌다. 팔월에는 질겨져서 과연 비를 맬 만하였다.

돌담 그늘에 심은 수수가 쑥쑥 크더니
팔월 들며 붉은 줄기가 두 길이나 자랐네.
총채처럼 긴 빗자루를 매고 난 뒤에
낱알은 털어 모아서 굶주린 새에게 주었네.

峩峩蜀黍石垣陰。　八月朱莖邁二尋。
長帚縛來如尾穗、　散它餘粒施飢禽。

빚쟁이 때문에 돈을 꾸려 했지만

債徒訟婢係牢徐觀軒惻之借余宣德坎离爐典於市人願貸千錢不得

서군이 나에게 골동 화로[1]를 빌려 주었지만
돈놀이 장사꾼은 천냥을 주지 않네.
구라파 서양의 풍속을 얼핏 생각해 보니
한 가닥 수염을 전당잡고서도 백냥을 준다던데.

徐君假我坎离爐。　　　富室千錢未肎輸。
仄想歐邏西國俗、　　　百金許典一根鬚。

■

* 원제목이 길다. 〈빚쟁이가 계집종을 고소하여 옥에 갇히게 되자, 서관헌(서상수)이 측은하게 여겨 내게 선덕감리로를 빌려 주었다. 그것을 장사꾼에게 전당잡히고 일천 냥을 꾸려 하였지만, 꾸지 못하였다.〉

1) 선덕(宣德: 명나라 선종의 연호, 1426~1435) 시대에 만든 화로인데 감괘와 이괘가 새겨져 있다.

몽답정에서 함께 짓다
夢踏亭共賦

무자년(1768) 유월 그믐에 내가 윤경지(병현)·유운옥(관)·박재선과 더불어 몽답정에서 쉬면서, 참외 열세 개를 깎았다. 재선의 소매를 뒤져 흰 종이를 얻고, 부엌에서 그을음을 얻었으며, 냇가에서 기왓장을 얻었다. 시를 다 지었지만 붓이 없었으므로, 내가 솔대 줄기를 뽑아왔다. 경지는 운부(韻府)의 낡은 종이로 노끈을 꼬고, 운옥은 돌배나무 가지를 깎았으며, 재선은 부들 순을 씹었다. 연꽃은 향내가 나고 매미가 울며 폭포가 물을 튀기는 가운데 글을 썼다. 동자가 옆에 있었는데, 갑광과 정대였다.

연꽃 향내가 고요한 마음을 묘하게 입증하고
금붕어는 아가미를 벌렁이며 지붕 그늘에서 노니네.
더부룩한 숲속에선 물방울이 뚝뚝 듣는데
하늘빛 한 줄기가 시내 바닥을 뚫었네.

荷香妙證寂然心。 紅鯽搖腮閣瓦陰。
古翠寒蕤林滴滴, 天光一線透溪深。

시골집에서

題田舍

2.

서리 내린 아침에 풀비를 굵게 묶어서
더부살이 마당 쓸고 술항아리를 지키네.
겨울을 지내려고 시래기를 헌 벽에다 매달고
단풍나무 가지로 액을 막으려고 썰렁한 부엌에다 꽂았네.
회청색 도자기는 농가의 골동품이고
빨간 구슬은 촌색시의 몸치장일세.
사또님이 새로 와서 잘하는지 못하는지
솜모자 쓴 두 늙은이 나직하게 귓속말 하네.

霜朝苕帚縛麤麤。　佃客除場守酒壺。
菁葉禦冬懸敗壁、　楓板賽鬼揷寒厨。
田家古董灰靑椀、　邨女莊嚴火色珠。
綿帽二翁低耳話、　使君新到政平無。

3.

묵은 쌀로 술을 담아 김이 오르니
털갓 쓴 서당 훈장이 날마다 찾아오네.
꼴머슴은 낫으로 갈대를 베다가 쉬는데
냇가 아낙네는 수건을 쓰고 빨래하며 노래하네.
서리 내린 들판에선 벼 쪼아먹는 기러기를 쫓는데
양지 언덕에선 고양이가 국화를 지키네.
고향 생각 잊으려고 다른 고을 이야기들을
흙담 친 집에 누워서 밤 깊도록 듣네.

紅米爲醪暖欲霞。　　氊冠學究日相過。
園丁斫荻腰鎌憩、　　溪女挑綿首帕歌。
唼稻霜陂驅白雁、　　蔭猫陽塢護黃花。
旅愁消遣它鄉話、　　卧聽深深土築窩。

여름날에 병으로 누워
夏日臥病 三首

1.
가난 때문에 병을 얻고 보니
몸을 돌보는 일이 너무나 소홀했네.
개미의 섬돌에도 흰 쌀알은 넉넉하고
달팽이의 벽에도 은 같은 글씨가 빛나는데,
제자들에게서 약을 구걸하고
아내의 힘으로 죽을 얻어먹네.
그러면서도 책 읽기는 좋아하니
굳어버린 습관을 고치기 어려워라.

病或因貧得、　　謀身奈太踈。
螘階豊素粒、　　蝸壁耀銀書。
藥向門生乞、　　粥從內子茹。
猶能耽卷帙、　　結習故難除。

풀벌레가 어떻게 우는지 시험하여 보다

秋夜使童驗草蟲脰鳴股鳴脇鳴

별빛이 사람의 눈동자처럼 깜박거리며 잠도 들지 않는데,
가을 은하수 한 폭이 하늘에 깨끗하게 펴졌네.
벌레 소리를 듣고서 서늘한 숲속을 살펴보게 하니,
성난 겨드랑이에 수염이 놀라고 어깨는 곧게 뛰네.

星子如眸瞬不眠。　　秋河一匹淨鋪天。
聆蟲暗伺凉叢裏、　　怒脇驚須直躍肩。

■

* 원제목이 길다. 〈가을밤에 아이를 시켜 풀벌레가 목으로 우는지 다리로 우는지 겨드랑이로 우는지를 시험하여 보다.〉

벌레가 나고 기와가 날세
蟲也瓦也吾

벌레가 나고 기와가 날세.
재주도 기술도 너무나 없네.
뱃속에는 불 같은 기운만 있어
여늬 사람들과는 아주 다르네.
사람들이 백이더러 탐욕스럽다 말하면
내가 성내며 이를 갈고,
사람들이 굴원더러 간사하다 말하면
눈초리가 찢어지게 내가 성내네.
내게 입이 백 개나 있다 해도
한 사람 들을 자 없으니 이를 어찌하랴.
우러러 하늘에게 말하려 해도 하늘이 흘겨보며
숙이어 땅을 보려 해도 땅에 눈곱이 꼈네.
산에 오르려 해도 산이 어리석고
물을 찾아가려 해도 물까지 어리석네.
끌끌 혀를 차다 아아 탄식하다
허허 한숨을 길게 쉬네.
뺨과 이마는 주름지고 터졌으며
허파와 지라는 볶아지고 달여졌네.
백이가 탐욕스럽고 굴원이 간사했다 한들
그대가 어찌 간여할 바랴.
술이나 마시며 취하기를 꾀하다가

책이나 보며 잠을 이루면 되는 거지.
아아, 차라리 잠들었다 깨는 일도 없이
저 벌레나 기와로 돌아가고파라.

蟲也瓦也吾、　苦無才與技。
腹有氣烘烘、　大與人殊異。
人謂伯夷貪、　吾怒切吾齒。
人謂靈均詐、　吾嗔裂吾眥。
假吾有百喙、　奈人無一耳。
仰語天天瞕、　俯視地地眵。
欲登山山獃、　欲臨水水痴。
咄嗚呼嗚呼、　唉嘘唏嘘唏。
觀頞顙皺皺、　肝肺脾熬煎。
夷與均貪詐、　於汝何干焉。
姑飮酒謀醉、　因看書引眠。
于于而無訛、　還它蟲瓦然。

연암 박지원의 〈어촌쇄망도〉에 쓰다
題朴燕巖漁村曬網圖

사람 소리도 들리지 않고 물결만 찰랑이는데,
긴 낮이 몽롱하여 버들개지만 미친 듯 흩날리네.
복숭아꽃을 먹고 삼키는 고기들이 모두 깨어나자,
볕에 말리던 고기 그물이 연기처럼 흔들거리네.

了無人響翠冷然、　永晝朦朧遊絮顚。
唼呷桃花魚盡悟、　漁罾閒曬漾如烟。

소를 타다
騎牛

1.
빈 산 외딴 길로 소를 몰고 가노라니
소 등에 앉았건만 자리처럼 편안해라.
몸 하나 겨우 편안하게 붙이고 보니
부귀공명 생각할 마음이 다시는 없어라.

空山一道叱牛行。　坐覺背皮似席平。
才着一身安穩了、　更無餘地置功名。

정예검의 죽음을 슬퍼하며
輓鄭禮儉

1.
우거진 숲속에서 조촐한 옷차림으로
맑은 샘물에다 밥 말아먹고 오래도록 앉아 지냈었지.
꽃도 피고 풀도 살아났는데 자네만 보이지 않으니,
예전에 놀던 일이 벌써 한 해가 지나 서글프게 바라보네.

濃綠林中皎皎衣。　　清泉澆飯坐移時。
花生草活君無見、　　悵望前遊僅一朞。

■
* 정예검이라는 인명은 한 군데만 보이는데, 같은 사람인지는 확실치 않다.
"금천군(金川郡)의 첨지중추부사가 될 만한 부류는 유학 정예검(鄭禮儉)… 등 18인이다."
『일성록』 정조 24년 경신(1800) 3월 13일

시월 십오일

十月十五日卽事

하원을 명절이라고 이름한 것은
축건의 경전[1]에서 나온 말일세.
서릿발이 하얀 달에 비쳐서
싸늘한 빛이 뜰에 하나 가득해라.
서모는 해진 옷을 꿰매어
나의 약한 몸을 감싸주고,
아내는 가냘픈 팔을 놀려
비단을 다듬느라고 소리가 요란해라.
여러 아이들은 누에처럼 잠이 들었는데
창문으로 등불이 환하게 비춰 주네.
늙으신 아버님께서 옛날이야기를 하시니
내 마음 슬퍼져서 눈물이 흐르네.
괴로운 심정을 위로해 드리려고
계집종을 불러다 술을 사오게 했네.
잔을 올려 기쁘게 해 드리자
아버님께서 간절하게 경계 말씀을 하시네.

■

1) 석가(釋迦)가 축건국의 태자였으므로, 불경을 축건의 경이라고 하였다. 하원(下元)은 도가에서 수관대제(水官大帝)의 생일로 삼고, 이 명절을 기념하는 의식을 성대히 거행한다.

아우 정(鼎)은 꿇어앉아 절을 하고
아들 구(駒)는 공손하게 들었네.
소자가 비록 불민하지만
가르치신 가법을 그대로 따르리다.
어릴 때의 교훈은
늙을 때까지 뼛속에 새겨진다 하셨네.
즐겁구나, 조·자·손 삼대가 둘러앉아
밤중까지 술병을 따라 마시네.

下元名佳節、　　云自竺乾經。
飛霜映素月、　　寒輝滿一庭。
庶母紉壞綿、　　護我淸羸形。
孺人勞弱腕、　　帛杵鳴丁丁。
衆雛眠如蠶、　　紙窓燈焰熒。
老親譚疇昔、　　悱惻涕堪零。
聊謀慰苦情、　　勸婢沽淥醽。
獻酬懷怡悅、　　申戒說丁寧。
弟鼎長跪肅、　　阿駒敬恭聽。
小子雖不敏、　　庶幾其典刑。
謂言童時敎、　　到老心骨銘。
樂哉祖子孫、　　半宵湛湛甁。

향조(香祖)가 비평한 시권에 쓰다
題香祖評批詩卷

탄소(彈素) 유금(柳琴)이 중국에 갔을 때에 《건연집(巾衍集)》을 초(抄)해서 반향조에게 주자, 향조가 기뻐하면서 평론하였다. 그래서 이 시를 보낸다.

한나라 위나라의 옛 문장만 오로지 힘써 봐야 참마음만 손해를 보네.
나는 지금 사람이니 지금의 시를 좋아하네.
만송(晩宋)과 만명(晩明)의 시에다 별다른 길을 열었다는
난공의 이 한 말씀은 내 시를 잘 아시는 말씀일세.[1)]

專門漢魏損眞心。　　我是今人亦嗜今。
晩宋晩明開別逕、　　蘭公一語托知音。

■

* 향조는 청나라 학자 반정균(潘庭筠)의 자이다. 난공이라고도 하였다.

1) 백아(伯牙)가 거문고를 타면 종자기(鍾子期)가 듣고 그 뜻을 알았다. 자기의 재주나 속마음을 알아주는 벗을 지음(知音)이라고 한다. 종자기가 죽고 나자, 더 이상 자기의 거문고 가락을 알아줄 사람이 없다고 슬퍼한 백아는 거문고 줄을 끊어 버렸다.

이우촌의 월동황화집을 읽다
讀李雨村粵東皇華集

우촌의 이름은 조원(調元), 자는 갱당(羹堂), 사천(四川) 나강(羅江) 사람으로 호는 운룡산인(雲龍山人)이다. 유탄소(柳彈素)와 아는 사이라 그의 《월동황화집》과 작은 초상화를 보내왔다. 또 들으니 공은 《이아(爾雅)》에 깊은 학식이 있다 하고, 특별히 낙화생(落花生) 한 포(包)를 보내왔다. 12월 초닷새는 갱당의 생일이어서 탄소가 늘 친지들을 모아 놓고 서쪽을 향하여 술을 뿌리곤 했다.

매화령 밖 오양성[1]에는
가는 곳마다 아가씨가 악부를 부르네.
성교[2]가 진중하게 잘 평론하여
시정이 맑고 고와 비단결 같다 하였네.

梅花嶺外五羊天。　到處珠娘樂府傳。
珍重星橋評隲好、　詩情淸麗斷霞姸。

■

1) 월동(粵東)은 지금의 광동(廣東)이고, 오양성(五羊城)은 광주(廣州)의 별칭이다.
2) 청나라 중서사인(中書舍人) 고종태(顧宗泰)의 호이다. 그가 《원동황화집》을 평하여 지은 시가 이덕무의 《청비록 4(淸脾錄四)》 이우촌(李雨村) 조에 실려 있는데, "맑고 고운 시의 정이 끊어진 노을 같구나[淸麗詩情似斷霞]" 하였다.

시를 논한 절구
論詩絶句

1.

세 최씨와 한 박씨가[1] 빈공과[2]에 급제했으니,
신라시대 시인으로는 겨우 이 네 사람이 있네.
우리나라와 중국 사이에는 어쩔 수 없는 한계가 있어,
몇 안 되는 시구마저 정신이 스러졌구나.

三崔一朴貢科賓。　　　羅代詞林只四人。
無可奈何夷界夏、　　　零星詩句沒精神。

■

1) 최치원·최승우·최언위·박인범이 당나라에 유학하였다가 과거에 급제하였으며 고국에 돌아와서도 활약하였다.

2) 중국에서 외국인들을 위하여 개방한 과거. 당나라 때에는 신라와 발해뿐만이 아니라 월남과 일본 백성까지도 빈공과에 응시했으며, 이들 나라마다 문화 수준에 따라서 각기 급제자의 정원이 정해져 있었다. 신라 출신으로는 장경(長慶) 초기에 김운경(金雲卿)이 급제한 이래 58명이 빈공과에 급제하였다. 원나라 때에도 고려의 문인들이 빈공과에 많이 급제하였다.

2.

목은은 황산곡과 소동파를 배우고[1] 포은은 당나라 시를 배워.[2]

고려시대의 대가로 그 시가 넓고도 컸네

금·원·송나라의 시를 융화시킨 사람이 누구던가.

역로[3]의 시에서 만길이나 되는 빛이 나네.

牧隱黃蘇圃隱唐。　高麗家數韻洋洋。

問誰融化金元宋、　櫟老詩騰萬丈光。

■

1) 목은은 이색(李穡)의 호이며, 소·황은 송나라의 시인인 산곡(山谷) 황정견(黃庭堅)과 동파(東坡) 소식(蘇軾)이다.

2) 포은은 정몽주(鄭夢周)의 호이다.

3) 역로(櫟老)는 역옹(櫟翁) 이제현(李齊賢)의 존칭이다.

길을 가다가

途中雜詩

6.

기러기가 어느 하늘로 을자를 그리면서 가나.
새 울음마저 가을 소리를 내는구나.[1]
지는 해에 도리깨 그림자는 길기만 한데
맑은 가을에 베 짜는 소리는 급하기도 해라.

鴈字何天乙乙、　　　　禽言特地庚庚。
偏長落日枷影、　　　　頓急淸秋織聲。

■
1) 경경(庚庚)은 곡식이나 열매가 익는 모습이다.

절구22수
絶句 二十二首

1.
단풍잎이 발자국을 묻어 버렸으니
산속의 집을 발길 따라 찾아가네.
글 읽는 소리와 베 짜는 소리가 서로 어울려
지는 햇살 속에 낮았다 높았다 하네.

紅葉埋行踪、　　山家隨意訪。
書聲和織聲、　　落日互低仰。

2.
암자가 높아 외로운 풍경이 흔들리고
마을이 고요해 쌍다듬이질 소리만 급해라.
먼길 나그네는 쓸쓸해 잠도 오지 않는데
싸늘한 봉우리에는 소나기가 쏟아지네.

菴危孤磬飄、　　村靜雙砧急。
遠客悄無眠、　　寒峯白雨集。

3.

황혼녘에 오솔길을 나서 보았더니
밭에는 환하게 목화꽃이 피었네.
바위 밑의 샘물은 소리만 들리니
졸졸거리며 누구 집을 지나가나.

試步黃昏逕、　　田明吉貝花。
暗泉秖聞響、　　鳴咽歷誰家。

4.

농기구에 대한 책도 새로 짓고
물고기와 조개에 대한 글도 한가히 평하네.
예전 역사에 숨어 살았던 사람들은
거의 성을 전하지 않았지.

新修耒耟經、　　閒評魚具詠。
前史隱淪人、　　太生不傳姓。

5.

만약 농가의 예서(禮書)를 지으려면
전신(田神)의 사당부터 먼저 지어야겠지.
가사협[1]에게 정성껏 제사 올리고
범승지[2]에게도 경건하게 기도해야지

如纂農家禮、　　先刱田神祠。
明禋賈思勰、　　虔禱氾勝之。

17.

아침 내내 고기 노는 것을 보노라니
내 처음 왔을 때는 인적 소리를 듣고 모였네.
다시 와서 미끼를 매어달자
하나하나 마름을 뚫고 숨어드네.

儵魚玩終朝、　　初到聞聲集。
再來香餌垂、　　一一鑽萍入。

■

1) 후위(後魏) 사람인데, 고평태수(高平太守)를 지냈다. 《제민요술(齊民要術)》을 지었는데, 그 속에서 농사짓는 즐거움을 말하였다.
2) 한(漢)나라 때 사람으로, 농사에 대해 잘 알았다. 성제(成帝) 때에 의랑(議郎)으로 있으면서 농서(農書) 18편을 지었다. 벼슬이 황문시랑(黃門侍郎)에 올랐다.

20.

어리석은 사람이 옛 시를 이야기하며
원·명 시대의 시를 배척하기 좋아하네.
어떤 시가 원·명의 시냐고 물으면
멍해져서 대답할 줄도 모르네.

痴人談古詩、　喜斥元明代。
何如是元明、　茫然失所對。

인일에 강산·영재·초정에게 주다
人日贈薑山冷齋楚亭

2.
살림살이가 어찌 그리 조촐한지
집이라고 해봐야 비바람도 가리지 못하네.
아내 치마 걱정할 새가 어디 있으랴
아이들이 붓 좋아하는 것만도 사랑스러워라.
티끌세상에서 부질없이 허덕이다가
늙도록 길을 찾지 못했으니,
배고프면 글 읽는 것으로 음식을 대신하며
홀로 옛 사람의 책을 안고 지내네.
글 읽는 것밖에는 즐기는 게 없으니
이 즐거움이 언제면 끝나랴.
걱정을 잊으려고 술을 사려 했지만
돈 바꾸기가 참으로 어려워라.
사람이 세상에 우연히 나온 게 아니니
하늘 땅 사람 셋이 합해서 하나를 이루었다네.

謀生一何拙、　不掩風雨室。
詎愁妻無裙、　頗憐兒好筆。
逐逐紅塵子、　終年岐路失。
飢讀當珍膳、　獨抱先民袟。
咀嚼無外嗜、　此樂何時畢。
銷愁招杜康、　錢兄交難密。
人生諒不偶、　函三而超一。

고정림(顧亭林)의 유서(遺書)를 읽고
讀顧亭林遺書

정림은 천하의 선비이니
명이 망하자 홀로 몸을 깨끗이했네.
지금 세상에 주나라 높이는[1] 사람도
이 사람이 있는 줄은 모르네.
열황[2]이 사직을 위해 죽으니
목숨을 바친 선비가 많았네.
천하에는 없는 것이 없건만
모신이 기롱을 하는구나.[3]

亭林天下士、　　明亡獨潔身。
今世尊周者、　　不識有斯人。
烈皇殉社稷、　　捐生多布衣。
天下無不有、　　毛甡忍能譏。

■

1) 공자(孔子)의 춘추대의(春秋大義)에서 나온 말인데, 여기서는 명나라를 높인다는 뜻이다.
2) 명나라 마지막 황제인 의종(毅宗)이 자금성 북쪽에 있는 경산(景山)에서 자살하자, 청나라에서 장렬제(莊烈帝)를 추시(追謚)하였다.
3) 신(甡)은 모기령(毛奇齡)의 초명(初名). 그가 충절(忠節)을 대단치 않게 여겼다.

위달대(威達臺)에서 산해관을 바라보며
威達臺望見山海關

만리 밖 높은 대에 외로운 몸이
온 천하 모습을 한눈에 보는구나.
오랑캐와 중국 경계가 본래 정해 있으니
바다와 산이 몇 개 도시를 에워싸고 있나.
진시황의 창설이 어리석은 짓만은 아니고
성조(成祖)가 도읍 옮긴 것도 웅장한 계획일세.
원가[1]의 군대가 끝까지 여기 주둔했다면
견고한 나라[2]가 어찌 팔기[3]의 손으로 넘어갔으랴.

■

1) 명말의 명장 원숭환(袁崇煥)이 안찰사(按察使)로 영원(寧遠)에서 청나라 군사를 무찌르고 병부 상서(兵部尙書)가 되었는데, 청나라 군사가 계주(薊州)로 쳐들어오자 도성을 지키기 위해 빨리 돌아왔다가 간신의 참소로 사형을 당하였다.
2) 원문의 '금구(金甌)'는 금으로 만든 작은 동이로, 국토가 빈틈없이 단단함을 뜻한다. 《남사(南史)》 권62 〈주이전(朱異傳)〉에 "내 나라는 마치 금으로 만든 작은 동이[金甌] 같아서 하나도 상처 나거나 깨진 것이 없다.[我國家猶若金甌 無一傷缺.]"라 하였다.
3) 청나라 병제에 우익(右翼)에는 정황(正黃)·정백(正白)·정홍(正紅)·정람(正藍) 색깔의 기를, 좌익(左翼)에는 양황(鑲黃)·양백(鑲白)·양홍(鑲紅)·양람(鑲藍) 색깔의 기를 달았다. 여기서는 청나라 군대를 가리킨다.

高臺萬里眇然軀。　天下全形眼底紆。
夷夏平分元大限、　海山包括幾名都。
始皇創設非愚計、　成祖移居卽壯圖。
若使袁家軍在此、　金甌寧向八旗輸。

희롱삼아 동료들에게 보이다
戲示寮友

네 검서[1]들 번갈아 오고 가니
십여 일에 사흘 밤은 숙직일세.
끊임없이 돌고 돌아 회문금[2] 같으니
어디가 수미(首尾)[3]인지 알 수 없구나.

去去來來四檢書。　三宵偶直一旬餘。
連綿恰似回文錦、　那箇爲終那箇初。

■

1) 이덕무(李德懋, 1741-1793)·유득공(柳得恭, 1748-1807)·서이수(徐理修, 1749-1802)·박제가(朴齊家, 1750-1805)를 4검서라 하였다.

2) 회문금은 회문시(廻文詩)를 넣어 짠 비단인데, 여기서는 회문시를 가리킨다. 시를 반복 순환하여 읽어도 모두 문장이 되는 체(體)이다.
"두도(竇滔)의 아내 소씨(蘇氏)는 시평인(始平人)으로, 이름은 혜(蕙)이고, 자는 약란(若蘭)인데 글을 잘 지었다. 두도가 부견(符堅) 때 진주 자사(秦州刺史)가 되었다가 유사(流沙)로 유배되자, 소씨가 그리워하여 비단을 짜면서 회문선도시(迴文旋圖詩)를 지어서 도(滔)에게 보냈다. 돌려가면서 순환하여 읽는데, 가사가 몹시 서글프고 탄식이 이어졌다. 모두 840자인데, 글이 길어서 싣지 않는다."《진서(晉書)》 권96 〈열녀열전(列女列傳) 두도처소씨(竇滔妻蘇氏)〉

3) 회문시의 종류가 여러 가지인데, 수미(首尾)는 앞 시의 마지막 글자를 다음 시의 첫 글자로 하여 짓는 시를 말한다. 여기서는 4검서의 숙직이 계속 맞물려 있음을 가리킨다.

말위에서
馬上

지친 말 위에서 꿈결에 흔들려
나의 옛 초정(草亭)으로 돌아왔네.
삽시간에 여러 친구들 만났는데
깨고 나니 푸른 봉우리만 첩첩하구나.

倦馬搖殘夢。　　還吾舊草亭。
霎時諸友面。　　醒後片山靑。

절구
絶句

2.

양주의 학문[1] 아닌 사람 없으니
낱낱이 그 심법 전수(傳受)하였네.
바라건대 금강의 방망이를 빌려서
어느 때에 저 인색함을 깨뜨려 버릴까.

人無不楊朱學、　　箇箇相傳心印。
願借金剛法杵、　　何時打破這吝。

3.

괴물의 괴수요 괴벽의 왕이니
넘어져도 오히려 천진하구나.
가장 견디기 어려운 게 무슨 물건인가
거짓 모습 거짓 태도 성인이로다.

怪之魁癖之王、　　放倒猶自天眞。
大難堪那箇物、　　喬皃喬樣聖人。

■

1) 양주는 전국(戰國) 때 위아설(爲我說)을 주장한 학자로 이기주의를 말한다.《맹자(孟子)》 진심상(盡心上)에 "양자(楊子)는 자신만을 위하니 머리털 하나를 뽑아 천하가 유익하더라도 하지 않는다." 하였다.

4.

내 몸 알아주는 자 한 사람 위해 죽기[2] 했으니
누구 위해 들으며 누구 위해 해야 하나.
술 취한 뒤마다 이 말 외우다보니
두 귀밑털 서릿발같이 희어졌구나.

願得一知己死、　　　　孰令聽孰爲爲。
酒後每讀斯語、　　　　凋盡雙鬢如絲。

6.

사람이 나나니벌과 뽕나무벌레 아닌데
어찌 날 닮으라 날 닮으라 하는가.
고시(高柴)는 우직하고 중유(仲由)는 거칠건만[3]
성문의 학자됨에 해로움 없었네.

人非蜾蠃桑蟲、　　　　安得類我類我。
柴也愚由也喭、　　　　不害聖門學者。

■

2) 사마천의 〈자객열전〉에서 나온 말이다. "선비는 자기를 알아주는 사람을 위해 목숨을 바치고, 여자는 자기를 사랑해주는 사람을 위해 화장을 한다.[士爲知己者死 女爲悅己者容]"

3) 《논어》〈선진(先進)〉에 "시(柴)는 우직하고 삼(參)은 노둔하고 사(師)는 치우치고 유(由)는 거칠다.[柴也愚 參也魯 師也辟 由也喭]"고 하였다.

7.

글 재주 약간 있으면 남을 능멸하여
하늘 높고 땅 낮음을 알지 못하네.
두려워라 어디에 비유할까
미친 개와 술 취한 놈과 교만한 아이일세.

略挾文才凌人、　　不識天高地卑。
可怕堪譬那箇、　　猘犬醉漢驕兒。

9.

내가 글 쓰는 기술 조금 알고는
일만 갑병(甲兵) 품었다고 잘난 척했지.
한평생 한 일을 돌아다보니
구용[4] 가운데 한 가지도 갖추지 못했네.

■

4) 《예기》〈옥조(玉藻)〉에 나오는 말로, 군자가 수행하고 처신하며 지켜야 할 아홉 가지 자세이다. "걸음걸이는 무게가 있어야 하고, 손놀림은 공손해야 하고, 눈은 단정해야 하고, 입은 조용해야 하고, 목소리는 고요해야 하고, 머리는 곧아야 하고, 기상은 엄숙해야 하고, 서 있는 모습은 덕스러워야 하고, 얼굴빛은 장엄해야 한다.[足容重 手容恭 目容端 口容止 聲容靜 頭容直 氣容肅 立容德 色容莊]"

我解文墨小技、　　　　自詑萬甲藏胷。
夷顧平生事實、　　　　九容不能一容。

연경으로 떠나는 후배들에게
奉贈朴憨寮李莊菴之燕 十三首

9.
중원을 헐뜯은들 그들이 얼마나 손해되며
중원을 칭송한들 그들이 얼마나 높아지랴.
우리의 안목은 콩알 같으니
중원은 스스로 중원이라네.

中原毁何損、　　中原譽何尊。
東人眼如荳、　　中原自中原。

10.
조선도 나름대로 장점이 있으니
중원만 어찌 모두 다 옳으랴.
비록 도회지와 시골의 구별은 있을망정
모름지기 평등하게 보아야 하리.

朝鮮亦自好、　　中原豈盡善。
縱有都鄙別、　　須俱平等見。

12.

천하에 가장 듣기 싫은 것은
까악까악 늙은 까마귀 소리였네.
이보다도 더 심한 것이 있으니
진부한 선비의 연경 이야기일세.

天下最難聞、　　　啞啞老鴉聲。
有甚於此者、　　　腐人說燕京。

■
* 감료는 박종선(朴宗善)의 호이고, 장암은 이건영(李建永)의 호이다.

부록

이덕무의 시와 일생 / 허경진
원시제목 찾아보기

青莊館
李德懋

이덕무의 시와 일생

글읽기와 그림 그리기를 즐겨

이덕무(李德懋, 1741~1793)의 첫 이름은 종대(鍾大)였으며, 자는 명숙(明叔) 또는 무관(懋官)이었고, 호는 청장관(靑莊館)·형암(炯菴)·아정(雅亭)이었다. 그는 서울 한복판인 관인방 대사동에서 정종(定宗) 임금의 후손인 성호(聖浩)와 반남 박씨 사이에서 태어났지만, 서출(庶出)이었으므로 그의 생애는 한계를 지니게 되었다.

물론 그 자신은 선비의 본분이 "들어와서는 효도하고 나가서는 공손하며, 낮에는 밭을 갈고 밤에는 글을 읽는, 이 네 가지일 뿐"이라고 스스로 밝히고, 신분에 얽매이지 않은 채 일상생활을 성실하게 수행하였지만, 조선 후기의 봉건적인 신분제도가 그를 검서관(檢書官)으로만 묶어 놓았던 것이다.

그와 가장 가까운 벗 가운데 한 사람이었던 이서구(李書九, 1754~1825)는 그의 사람됨을 "품행, 식견(識見), 박문강기(博聞强記), 문예(文藝)"의 순서로 평가하였다. 연암 박지원이 지어 준 〈행장〉에 의하면, 전형적인 선비였던 그는 생활에서 일정한 법도를 항상 지키면서 자존(自尊)과 인애(仁愛)를 함께 갖추었으며, 세속의 화리(貨利)·완호(玩好)·기희(技戲)에는 관심을 가지지 않았다고 한다.

그는 효성스럽고 우애어린 생활 속에서도 방대한 독서와 저술 활동을 계속하였다. 그는 열여덟, 열아홉 살 즈음에 벌써 자기의 서재에다 '구서재(九書齋)'라고 이름 붙였는데, 독서 · 간서(看書) · 장서 · 초서(鈔書) · 교서(校書) · 평서(評書) · 저서 · 차서(借書) · 폭서(曝書)의 아홉 가지 작업을 자기의 조그만 서재 안에서 다 해보겠다는 자부심이 그 이름 안에 드러났다. 그의 서재 이름은 한갓 청년의 자부심만으로 그친 것이 아니라, 그는 실제로 독학하면서 이만 권이 넘는 책을 읽었으며, 수백 권이나 되는 책을 조그만 글씨로 베껴가며 정리하였다.

이처럼 방대한 량의 독서를 하였기에 그는 유득공 · 박제가 · 서이수와 함께 규장각의 초대 검서관으로 발탁되었으며, 그 기회 덕분에 그의 학문과 문학은 더욱 깊어졌다. 그의 덕행과 독서가 예술정신으로 발현된 것이 바로 천여 편에 이르는 그의 시이다.

그는 그림에도 조예가 깊었다. 그의 아들이 기록한 〈유사(遺事)〉에서 "아버님께서는 산수(山水)와 송국(松菊)을 그리기 좋아하셨는데, 거미와 참새를 더욱 잘 그리셨다. 그러나 그것만을 일삼아 그리지 않으셨기 때문에, 아는 사람이 드물었다. 능호(凌壺) 이인상(李麟祥)의 분지법(粉紙法)을 이용하여 그리셨다"라고 한 것을 보면, 그가 보통 문인들처럼 문인화만을 그린 것이 아니라, 재질상의 실험적인 작업까지도 해본 것 같다. 그의 시에 회화적인 요소가 많이 나타나는 것도 이러한 그의 재능을 이해할 때에 한결 수긍이 간다.

서출이라는 제약 속에 글벗들을 사귀다

그는 내성적인 성격에다 서출(庶出)이라는 신분의 제약 때문에 폭넓게 사귀지는 못했지만, 일단 학문과 문학을 통하여 만난 벗들과는 진실하게 사귀었다. 그의 글벗 이서구는 그의 사람됨을 이렇게 말하였다.

"무관(懋官)의 사람됨은 외면적으로 간소하고도 담박했으며, 내면적으로는 충실하고도 화순(和順)하였다. 널리 배우고 옛것을 좋아하였으며, 문장을 즐겨 말하였다. 오로지 나와 더불어 그 즐거움을 함께 나누었다."

그는 스물네 살 되던 1764년 9월까지 박상홍·이규승·이광석·백동수 등과 사귀며 시단 활동을 하였지만, 이 시회는 동인들의 사정 때문에 정기적으로 모이지 못하게 되었다. 그러다가 2년 뒤인 1776년 5월 27일 대사동으로 이사하면서 홍대용·박지원·유득공·박제가·이서구·서상수 등과 교유를 맺고, 학문과 문학이 한층 깊어지게 되었다. 이들 가운데 비슷한 또래였던 이덕무와 유득공·박제가·이서구 등의 후사가(後四家)들은 유득공의 삼촌인 유금(柳琴)이 1777년에 공동시선집인《한객건연집(韓客巾衍集)》을 엮어준 덕분에 북경에 있는 문인들에게 소개되었다.

1778년에 심염조(沈念祖)가 사은진주사(謝恩陳奏使)의 서장관이 되자, 이덕무는 그를 따라서 3월 17일부터 6월 14일까지 중국 여행을 하게 되었다. 그는 이때에《한객건연집》에다 서문을 써주었거나 호평을 해주었던 중국의 문인들과 직접 만나 깊이 사귀었다. 이 기간 동안 그는 중국의 문화와 풍경에 대한 감회를〈입연기(入燕記)〉와 27수의 시로 기록하였는데, 이 기회에 그는 우리나라의 역사와 문화에 대하여 새로운 자아인식을 하게 되었으며, 청나라에서 유교 문화가 붕괴되고 덕치(德治)가 행해지지 않는 현실을 인식하기도 하였다.

그는 서른네 살 되던 1774년에야 증광초시(增廣初試)에 합격하였다. 정조가 즉위한 뒤에 대궐 안에다 규장각을 설치하고 뛰어난 인재들을 뽑아다 썼는데, 다른 벼슬들처럼 서얼의 차별을 두지 않고 실력 위주로 인재를 선발하였다. 그래서 이덕무를 위시하여 유득공·박제가·서이수 등이 최초의 검서관으로 뽑혀서 자신들의 실력을 마음껏 발휘하였는데, 세상에서는 이들을 사검서(四檢書)라고 불렀다. 이들은 대궐에 소장되어 있던 진귀하고 기이한 서적들을 마음껏 볼 수 있는 특전을 얻었으며, 같은 또래의 선비들끼리 학문을 강론하며 식견을 넓힐 기회를 얻게 되어, 이들의 학문과 문학은 나날이 발전하게 되었다. 정조의 인정을 받은 이들은《국조보감(國朝寶鑑)》《대전통편(大典通編)》《규장전운(奎章全韻)》 등의 서적들을 편찬하였다.

검서관으로 실력을 인정받은 그는 1781년에 사근도찰방(沙斤道察訪)을 시작으로 하여 1782년에는 상의원주부(尙衣院主簿), 1783년에는 광흥창(廣興倉) 주부, 1784년에는 사옹원(司饔院) 주부와 적성현감을 역임하였다. 그러나 그가 이 시절에 지은 시들이 많지 않을 것을 보면, 그의 벼슬생활이 그의 문학에 좋은 영향을 준 것 같지는 않다.

시와 인격의 일치

그는 인격수양과 덕행을 문학에서도 심미적 판단의 기준으로 삼고 있다. 스물두 살 되던 1762년에 친우의 문집《효가잡고(孝暇雜稿)》에다 서문을 써주면서, "사람이 효성이 없다면, 제 아무리 훌륭한 문장이 있다고 하더라도 또한 무엇을 가지고 그를 덕 있는 사람이라고 말하겠는가? 그러므로 군자는 먼저 효행이 닦아져야 온갖 행실이 갖추어지고, 온갖 행실이 갖추어지고 난 다음에 그것이 스스로 발로되어 문장이 되는 것이다. 그래야 그 문장이 반드시 화평한 기운을 띄어 즐겁고 맑고 고요하게 되며, 그 글을 읽는 사람으로 하여금 자연스럽게 선한 마음을 배양시킨다. 만일 재능과 문장만 앞세우고 행실을 뒤로 하면, 비록 글의 됨됨이가 아무리 맑고 아름다워 조리를 갖추었더라도, 이는 바르지 못하여 남을 감복시킬 수가 없다"고 자기의 문학관을 밝혔다.

그는 유학의 이념을 몸으로 실천하는 것이 문학행위보다도 앞선다고 본 것이다. 말하자면 온유돈후(溫柔敦厚)한 정신적인 아름다움이 앞서야만 아름다운 글이 지어진다는 생각이다. 따라서 장식적인 기교의 아름다움을 추구하거나 입신출세를 위해서 형식적으로 글을 짓는 행위를 허식이라고 비판하였다. 이러한 문학관은 그의 일생동안 바뀌지 않았다.

의고(擬古)와 창신(創新)의 통합

그가 살던 조선 후기에는 청나라 이반룡의 의고파(擬古派)가 한때 유행하였는데, 이덕무 자신은 문학행위가 서로 다른 작가의 재능에 바탕을 둔 기(氣)의 활동이라고 보았다. 기(氣)의 현상은 이(理)의 원리에 입각하기 때문에, 결국 작품에서의 개성은 인간의 본성을 바탕으로 성립된다고 보았다.

그는 의고파와 개성파의 장단점을 이렇게 설명하였다. "만일 남의 의견을 들어 흉내내고 본뜨는 법이 삼매(三昧)에 이른다고 하더라도, 그것은 개개인이 자기의 문장을 가지는 것보다 못하다. 자기의 문장을 가진 사람은 비록 우맹(優孟)이 손숙오(孫叔敖)를 모방했던 것처럼 다른 작가의 글을 모방하는 재주는 없어도, 자기다운 그 글은 천연의 아름다움이 많고 인위적인 꾸밈이 적다… 그렇지만 내가 어찌 옛 사람의 체법(體

法)을 다 버리라고 말할 수 있겠는가? (내가 말하는 체법은) 자네가 법에 얽매여 스스로 마음대로 하지 못하는 그런 종류와는 다르다. 체법(體法)은 스스로 법을 법 삼지 않는 가운데에서 스스로 갖추어지게 되니, 어찌 버리라고 말할 수 있겠는가?"

즉 그가 말하는 옛것은 옛것 그대로가 아니라, 현재에 어울리는 옛것이다. 그는 그렇게 변화하는 옛것을 《사소절(士小節)》에서 이렇게 설명하였다.

"옛것(古)을 배우더라도 그것에 고착된다면 참다운 옛것(眞古)이 아니다. 옛것을 참작하는 가운데 현재를 헤아려야만, 현재가 참다운 옛 것이 될 수 있다."

이러한 자세에서 그는 의고파와 창신파를 통합하여, 자기의 시세계를 이룬 것이다. 역대 시인들의 작품을 두루 섭렵하면서 자기의 시적 역량에 따라 새로운 시세계를 확립한다는 자득(自得)의 학시론(學詩論)도 그러한 연장선에서 이해할 수 있다.

《영처시고》 권1 · 2에 실린 422수의 시와 《아정유고》 권 1 · 2 · 3 · 4에 실린 621수의 시, 그리고 간본(刊本) 《아정유고》와 《청비록》에 실려 전하는 15수의 시까지 포함한 1,058수의 시들은 그의 이러한 문학관을 형상화한 작품들이다.

조선시대의 전형적인 문사였던 그는 서출이라는 신분 제한에 얽매였으면서도 비분강개하지 않고, 시각과 청각의 복합적인 이미지를 그린 서경시(敍景詩) 속에서 담담하게 선비정신을 승화시켰다.

허경진

原詩題目 찾아보기

咏天 • 13
閒居卽事 • 14
偶成 二首 • 15
寒夜謾成 • 16
漁翁 二首 • 17
秋風詞 三章 • 18
中秋月 二首 • 19
竹 • 20
戲咏老牛效劉後邨體 • 21
題鏡匣 • 22
曉望 • 23
戲咏基呼韻應口 • 24
出城又以走筆寄良叔 • 25
河豚歎 • 29
喜雨六月旬後一日 • 33
呼強韻以蚤爲題戲吟 一首 • 34
紙鳶 • 36
經書 • 37
暑病涔涔秋生始出門漫成 • 42
觀僧戲 • 43
遠遊篇 • 44
添歲餠 • 48
明日歸路 • 49
次寄白永叔 • 50
除日次贈錫汝 • 51
朝咏 • 53
柴門有見 • 54
晩秋 • 55
病題. 又題 • 56
溪堂閑咏 • 57
悶旱記實 • 58
和曾若倣濂洛體以報 • 59
立春題門楣 • 60
掌苑署成氏松 • 61
論詩 • 63
歲題 • 65
初冬 • 67
憶昔行辛巳新年吟 • 68
寒棲 • 70
得親書 • 71
江曲 • 72
香娘詩 • 74
拜新月 • 85
瘞女 • 86
奉元寺 • 87
芟薥黍縛帚 • 91
債徒訟婢係牢徐觀軒惻之借余宣德坎离爐典於市人願貸千錢不得 • 92
夢踏亭共賦 • 93
題田舍 • 94
夏日卧病 三首 • 96
秋夜使童驗草蟲脰鳴股鳴脇鳴 • 97
蟲也瓦也吾 • 98
題朴燕巖漁村曬網圖 • 100
騎牛 • 101
輓鄭禮儉 • 102
十月十五日卽事 • 103
題香祖評批詩卷 • 105

讀李雨村粤東皇華集 • 106
論詩絶句 • 107
途中雜詩 • 109
絶句 二十二首 • 110
人日贈薑山冷齋楚亭 • 114
讀顧亭林遺書 • 116
威達臺望見山海關 • 117
戲示寮友 • 119
馬上 • 120
絶句 • 121
奉贈朴憨寮李莊菴之燕十三首 •
125